致
亲爱的
自己

安澜——编

江苏凤凰文艺出版社
JIANGSU PHOENIX LITERATURE AND ART PUBLISHING, LTD

图书在版编目（CIP）数据

致亲爱的自己 / 安澜编. -- 南京 : 江苏凤凰文艺出版社, 2019.5

ISBN 978-7-5594-3324-4

Ⅰ. ①致… Ⅱ. ①安… Ⅲ. ①故事－作品集－中国－ 当代 Ⅳ. ①I247.81

中国版本图书馆CIP数据核字(2019)第026619号

书　　名　致亲爱的自己
编　　者　安　澜
出　　品　九志天达
责任编辑　白　涵　刘洲原
策　　划　朱静静
责任监制　刘　巍　江伟明
出版发行　江苏凤凰文艺出版社
出版社地址　南京市中央路165号，邮编：210009
出版社网址　http://www.jswenyi.com
印　　刷　三河市金泰源印务有限公司
开　　本　690毫米×980毫米 1/16
字　　数　200千字
印　　张　14
版　　次　2019年5月第1版　2019年5月第1次印刷
标准书号　ISBN 978-7-5594-3324-4
定　　价　32.80元

你行走于古旧的街道，任凭阳光充斥视线。

你不徐不疾，想象这是那场期待已久的远行。

再往前一点，就是繁华。

你最好的朋友抑或最爱的人正在路旁等你。

这就是你最好的时光。

目录 Contents

PART 1 清晨 阳光说它睡醒了

002 米扬，看！太阳！

007 你的左手边，是我的右手

012 途经你给的曾经

017 苏合香

021 云彩和风铃的约定

027 时光别名叫无心

031 光阴的故事

034 静看似水流年

038 青春，你老了吗？

041 人生这一场烟火

044 青春的“预谋”

049 原来年华并不孤单

054 许你沉默时光

060 再见，迷失

PART2 午后 落叶，或者繁花

一株草的幸福 066

你也可以做一只改变世界的“蝴蝶” 069

黑暗中的花香 072

走回自己的城市 076

诚实的果实 080

沙漠滑雪 083

长不过执念，短不过善变 086

小草赞 088

珍爱这孤寂的时光 090

有些美丽的梦不要急着绽开 093

陌上有云初长成 095

蜕变 100

用心谱写责任之歌 103

捻尘香 105

雨天随想 108

念念不忘，必有回响 110

三寸日光 113

PART 3 傍晚 温暖会追上来的

116 我们走过的那些年

119 下在夹道上的雨

125 给我一盏小橘灯

128 自由的绽放时代

134 当时的月亮

139 那年那时那些星

145 梦想一直走

149 我们都爱做梦

151 心情欠佳的“拼图”

PART 4 深夜 夜空中最亮的星

不忘初心 158

近处的星光 160

一个人的远行 162

每个生命都是一种行走 165

弯路也能走远 167

没有人注意火红花在泥土下的成长 170

像自己这样生活 174

逆境中崛起的天才 177

转弯的蕨菜 179

路到尽头是一片天 182

生命越简单，越有效 184

心在哪里，路就在哪里 187

以最轻松的姿态去成功 189

离开时，请让门开着 191

最可口的咖啡自己调 194

赢在失望的拐角上 197

黑暗中，雪越来越明亮 201

第一堂课 205

谁在过去等着你 208

以特别的方式得到一条小狗 212

怀念一场雪 214

PART 1

清晨

阳光说它睡醒了

我希望你如太阳。

或如天边白云般，纯洁而柔软。

占据我所有白昼时的视线。

米扬，看！太阳！

洛洛

1

无聊又漫长的自习摧残着每一颗焦急的心，米扬等到下课铃声缓缓响起，长长地出了一口气，伸手掏出一封粉红色的信，傻傻地笑着递给花月竹。

花月竹是米扬的同桌兼闺蜜，她还是男神方子青的发小，经常帮米扬送信，被米扬称作最好、最美、最善良、最可爱……最重要、最有用的同桌。

“傻姑娘，就算我可以保证每次都把信送到，可谁也不能保证你的方子青欧巴就一定看过你的信啊。”花月竹说。

米扬把目光从花月竹身上移开，“或许他会看呢。”

“或许他从来没看过，你也知道，这种东西他平时收到很多。”

“这个不是东西，我喜欢他，这是我对他的一份感情，或许你说得对，他从没看过我的信，从不知道有一个叫米扬的女孩喜欢着他，可我就是这样乐此不疲。”

花月竹无可奈何地白了一眼倔强的米扬，“随便你吧。”

2

米扬和花月竹的家在一个方向，所以她们常常相伴回家。花月竹和米扬又想起了上午的那个话题。花月竹转头去看米扬，发现对方也在看她，两个人相视一笑，米扬还是先开口了。

“月竹，你不想知道我为什么不直接跟他说我喜欢他吗？”

花月竹看了一眼米扬，“你是觉得直接去说成功率低，你还没有什么傲人的资本，没准方子青把你当成神经病再也不理你了。最好的结果也是你被拒绝了，以后方子青看到你就躲开，哈哈哈哈……”花月竹说到最后还忍不住笑了起来。

“我也不知道自己是怎么想的，是不勇敢，还是不想去？也许不是害怕被拒绝，我只是喜欢他。表不表白什么的都不重要。”

花月竹叹气道：“唉，服你了。”

3

“月竹，我要跟方子青表白。”有一天，米扬呆呆地直视着花月竹说。

“你不是说不要表白吗？”

“我想我现在有勇气面对他了。”

“好吧，你做什么选择也都是我朋友，我帮你约他出来，希望你能成功。”月竹看着米扬，认真地说。

“嗯。”米扬很小心又很虔诚地点点头。

放学后花月竹把米扬约到学校的花园，然后去找方子青。这里不是用来赏花的，花朵是为了那些早熟的少男少女们营造气氛的。每天都有一对或者几对恋人在这里产生，米扬以前从来不敢想象，自己会有一天在这里去向一个男生表白，这个男生是方子青，米扬有点紧张。

人们往往讨厌等待，可米扬现在喜欢上等待了，她不希望月竹很快回来。好的消息不怕来得晚，坏消息，来得早会让人很伤心。

可是人不会总是心想事成。花月竹回来了，独自一人。米扬已经预料到结果了，可是没有想到的是方子青连表白的机会都不给她。泪珠儿从米扬眼里滑落下来，花月竹没有说话，紧紧地拉着米扬的手。

“哭够了就走吧。他让我把这个给你，让你看看。”花月竹把一封信递给米扬。

米扬抹了一把泪水，接过来，带着哭腔说：“走吧。”

米扬擦干自己的泪水，然后像往常一样回家。

4

米扬坐在书桌前，拿出那封期待看到又很纠结该不该看的信，方子青给自己写的信，方子青给自己写的第一封信。

米扬同学：

你好。

你写给我的信，其实每一封我都认真看了。只是我现在不想考虑这个，或许是我晚熟吧。你是一个很好的女孩，我注意过你。你像太阳，希望你别让愁云遮住你的光芒。海子有一首诗，其中有这样的句子“你来人间一趟/你要看看太阳/和你的心上人/一起走在街上/了解她/也要了解太阳。”我希望你先了解太阳，了解我们的光灿年华，发现自己的光芒。

如果将来，我会喜欢你的。

方子青

他会喜欢我吗？还是拒绝得很委婉？

米扬握着信早早地睡了。

5

一夜过去。

米扬骑着自行车去学校，阳光洒在米扬的背上，她感觉这天的阳光比以往更为温暖，丝丝微风拂过面颊，一切还是这么美好……

月竹依旧来得很早。“他昨天的信里都说了什么，介意告诉我吗？”月竹很小心地问了一句。

“一切都是我一厢情愿。不管有没有得到我想要的，我都不会后悔，我很享受喜欢他的感觉。所以他说什么都不重要了。重要的是，我还是米扬。好了，准备上课。”米扬抬头向月竹笑笑。

昨天的女孩已经过去了，今天的女孩像太阳一样，没有改变，却一直在改变……

你的左手边，是我的右手

管爷

1

那个炎热的夏天，哥哥带着随忆走进了S中的大门。这所高中的名字随忆听妈妈念叨了无数遍，以至于它的发展历史随忆记得比历史课本上的内容还要牢固。

报名处人山人海，哥哥去排队，等着给随忆报名。随忆站在一棵大树下，守着自己的行李箱。就在这时候，一个女孩拖着笨重的行李走了过来，冲她笑笑问道："同学，你好，请问报名处怎么走？"

那一刻，随忆有点恍惚，对方脸上的笑容灿烂温暖而自然，她也笑了，说："哦，在那边，人最多的那里。"

"谢谢你，再见！"女孩转身走了。

"嗯，再见。"随忆望着女孩的背影，觉得似曾相识。

2

报好名，随忆和哥哥去买生活用品。学校唯一的超市拥挤不堪，每一步都像踩在别人的脚上，混乱得像一群挤在罐子里的沙丁鱼。

过了好久，两人总算买齐了东西，随忆体贴地递给哥哥一张纸巾，“哥，瞧你热的，快擦擦！”

眼前的高大男孩伸手接过去，抹了抹额头。

哥哥帮随忆把行李搬进宿舍，一进门，迎接随忆的就是一声大叫：“呀，是你啊。我们是室友呢！”原来是刚才在树下遇见的女孩，她热情地拉着随忆的手，自我介绍道：“你好，我叫温暖，我们又见面啦！”

随忆觉得她和她的名字一样温暖。

站在门口的哥哥乐了：“原来你们已经认识了，真是太好了，我还担心小忆一个人会孤单呢，初来高中，大家都不熟悉，你们要好好相处啊！”

温暖也开心极了：“会的会的，缘分这东西，真是挡都挡不住，我俩真是缘分不浅啊，嘻嘻，刚才，我看到你安静地站在那里，就觉得你很容易亲近，于是就过去问路了。”温暖的眼睛不是很大，但是每次她一笑，就像两轮弯弯的月亮，光彩夺目。随忆的内心被狠狠暖了一下。

其他两个舍友也来了，大家都是开朗的女孩，很快熟络起来。聊天果然能迅速拉近彼此之间的距离。其中，随忆和温暖走得最近，像亲姐妹似的天天在一起。

曾经听人说：快乐着你的快乐，忧伤着你的忧伤。做到这样才算朋友。

随忆认为，她和温暖已经算是到闺蜜那个级别了。用室友的话来说，两个人就是整天厮混在一起的连体婴儿。

只是最近，温暖有喜欢的人了。

温暖总是和随忆说她的新同桌——顾宇。阳光，干净，温柔……还有好多好多美好的词。随忆想，温暖把这辈子形容一个好男人的形容词都用完了。只是班上的男生，随忆接触不多，也不感兴趣。因为温暖，随忆开始关注顾宇。如温暖所说，顾宇的确是一个温文尔雅的男生，长得很清秀。随忆还记得他对自己说的第一句话："你和温暖一样，人如其名。"随忆笑了笑，不置可否。顾宇嘴角动了动，像是想要说什么。

渐渐地，两个好闺蜜之间的共同话题都变成了顾宇，无论在食堂，宿舍，还是教室，总是能听到顾宇的名字。大多数的时候都是温暖在说，随忆在听。看似风平浪静，实际上随忆内心发生着翻天覆地的变化。由随意、无奈、无语到感兴趣、心动、期望。那个叫顾宇的男生似乎也在一点点挤进随忆的内心深处。随忆的笔记本最后一面写着这样一句话：你是暖暖的太阳，却也是我窗前的白月光。

那天熄灯后，温暖小声问随忆："小忆，我要不要向顾宇表白啊，我怕万一他喜欢上别的女孩，或者有别的女孩喜欢他。"

随忆的心沉了一下，笑她说："别担心啦，班上谁看不出你喜欢他啊。”

温暖拍拍脑袋：“也是，顾宇肯定也感觉到了呢。”

那一晚，温暖没有看到随忆惊慌的表情。随忆以为自己并没有真正喜欢顾宇，只是好感。可是听到温暖说要去表白，她的心却忽然有一种隐隐作痛的感觉。

3

课间的时候，经常能看到温暖和顾宇聊天打闹。温暖像一只兴奋的小猫咪手舞足蹈，顾宇总是静静地听，时不时被她逗笑。不远处的随忆想起了一句话：**相似的人适合泛泛之交，互补的人适合白头到老。**温暖就像一颗小太阳，连自己都忍不住喜欢，顾宇也喜欢温暖吧，他们的确很合适。

第二天，随忆在书桌里发现一封信，信中这样写道：

你是天空里的一片云，投影在我的心上。随忆，即使知道你只有讶异，但我只想告诉你这个事实。我喜欢你。

内容简短，落款是顾宇。随忆的手剧烈地颤抖着，看到温暖正走过来，她赶紧把信塞到书本里面。

那一晚，随忆失眠了。温暖也睡不着，她在床上翻来覆去，忍不住问随忆：“小忆，你觉得顾宇怎么样？如果是你，你会喜欢顾宇吗？”在黑暗中，随忆仿佛看见了温暖亮晶晶的眼睛。嘴唇颤动了一下，随忆说：“我喜欢的男生不是他那种类型的。”

第二天，顾宇收到一封信：

对不起，我对你没感觉。暖暖很好，请你把眼光投向她，至少，别伤害她。

生活依旧，大家都沉浸在期末考试前的紧张复习中。

“小忆，语文笔记做了吗？救火啊！”

“暖暖，平时怎么就不想想现在会着火？给！”

“嘿嘿！这不是没经验嘛！”温暖抱着笔记本屁颠屁颠地跑回座位。

4

终于迎来了期待已久的寒假。随忆觉得自己可以解脱了，至少，不用再为顾宇而让自己纠结。

奇怪的是，温暖也许久没有联系她。直到有一天早上，随忆收到邮递员寄来的信，来信人正是温暖。

小忆，我看到你笔记本上的那句话了。对不起！你应该知道，顾宇喜欢的人一直是你。我们在一起聊的话题也经常是你。你喜欢他，就告诉他吧，别因为我留下遗憾。虽然他是我的月亮，但我的太阳，却永远是你。

途经你给的曾经

杜蘅

可是我，有时候
宁愿选择留恋不放手
等到风景都看透
也许你会陪我看细水长流

——王菲《红豆》

红豆引

烈日灼灼，空气中悬浮的微粒在光束的照耀下清晰可见。阳光透过巨大的落地玻璃窗，照在黑色的大理石桌面，反射出细微的光芒。

你离开一百九十七天之后，学校不远处那家叫作“Sweet Says”的甜品屋又重新开业了，崭新的装潢，简约干净。依旧是熟悉的十一号桌，却再没有你熟悉的笑容。

点一杯红豆沙冰，曾经，这是你最喜欢的甜点。我用精致的小勺搅拌着沙冰，发出细微的摩擦声。看着冰粒一点点融化，心中的怅然也在一点点放大。

与世间千万种交集相同而迥异

和你同班许久，对我来说，你真是一个奇怪的女孩，对学习没有过分热情，喜欢背着画板去野外写生。我依稀知道你在学习美术，在很多次大型比赛中拿了奖，可是这些，在老师眼中都是不务正业。

同样作为女生，我与你却截然不同，从不违反校规，从不和男生多说话，从不去K歌，学习认真，成绩优异，但却内向寡言，在自己小得可怜的生活圈中小心翼翼地行走。

和你第一次有交集，就是在这家叫作“Sweet Says”的甜品屋里。那是阶段考试成绩公布的当天。

那天傍晚，我把脸埋在臂弯间啜泣，感到前所未有的无助。桌上的冰激凌已经融化了大半，再不复先前的漂亮模样。

“咦？”你上扬的尾音忽然截断了我的呜咽，“你怎么了？”

我抬起头，看到身穿一条蓝白格子连衣裙的你，逆光中你在微笑，美好极了。恍惚间我感到你身上有着让我安心的力量，将心事全部说给你听。原本考试第一名的成绩让我很开心，但没想到却被人说我是因为作弊。尽管只有十几岁的年纪，那些钩心斗角的把戏也略显幼稚，但当它真的出现时，依旧让我不知所措。

听了这件事，与我同龄的你却那么冷静，用我至今都没有学会的冷静语气说：“其实真正令你难过的，并不是这件事的本身，而是担心往后大家对你的看法。”

这是你教会我的第一件事，不要太在意别人的看法，做自己最重要。没有人应该为了别人而活。

你的好他们全都看不到

故事的开端我们如何相知已经不需再叙述，有一种友谊，本就不开始于志趣相投，也不会因为道不同不相为谋而结束。你的出现就像一阵风，温热而疾速，席卷了我原本如一潭死水的生活。

你带我走过小城里的街头巷角，告诉我哪家店的奶茶最好喝，哪家店的衣服最漂亮。你温暖的指尖搭在我手腕处的触感至今清晰。

不过最多的时候，你更愿意坐在这里，靠窗的十一号桌，聊着关于你我的一切。我们成了无话不谈的朋友。

渐渐地，我知道你有一个极富裕的家庭，中考后你父母打算把你送出国去学习美术。你说这些的时候，眼中有许许多多我看不懂的东西，比如无奈，却也向往。

和你的形影不离让班主任如临大敌。她把我叫去办公室的时候，用着恨铁不成钢的语气说：“陆遥啊，你已经初三了，你也应该知道孰轻孰重了，别总玩。”

我心里知道，她指的是你。

我为你鸣不平，不喜欢老师质疑我们的友谊，我告诉她，你是一个很好很好的人，帮了我很多。

可是你的好，别人都看不到。

那天，我哽咽着走出办公室，看到你正靠在对面的墙上，你用复杂的眼神看着我，然后我听见你的声音穿过来自亿万千米外的光线，抵达我的耳畔。

“陆遥，谢谢你。”

这是你教会我的第二件事，珍惜身边人。

我们最好的结局是殊途同归

其实这是一开始就已经预见的结局。

中考结束之后，我以年级最高分的成绩去了市里最好的中学。代表毕业生上台发言的时候，我的目光扫过班主任堆笑的脸，扫过那些或羡慕或嫉妒的脸，扫过台下许许多多看不清表情的脸，然后将视线与你的眼神相接。我想，我已经可以做到不在意别人的看法了，我找到了自己。

而你，也已决定远赴美国。送别你的那天，你在安检处最后一次回头，冲我微笑。恍惚间，我们似乎又回到了那家甜品屋。你的目光依旧沉静，笑容清浅，一直未变。

到了今天，因为你，我最亲爱的朋友，让我已经变得和之前那个懦弱的自己不同，你带我走出象牙塔，给了我翅膀，教会我飞翔，即使我们去了不同的地方。

就这样，我看着你的身影淹没在人群中，终于离开我的视界。眼角有冰凉液体滴落下来，在你完全消失的那一刹那。

如果青春是一场远航，或许我们曾在相邻的航道一齐翱翔。

但经年之后，谁也不会知道谁会飞向万丈青阳。

但愿那时，我会在你的身旁。

这是你教会我的第三件事，在别离中学会成长。

相思结

在这充满回忆的地方，我流连在那些记忆里，途经我们的曾经。

玻璃杯中的冰粒几乎全部融化，几颗红豆在沙冰中浮浮沉沉，勾勒出我的念想。

是谁曾说过，此物最相思。

苏合香

管爷

1

看着那个江南水墨画的头像，我还是习惯性地点了赞，再下拉，还好，没错过任何一条消息。

又觉得无事可做，无比困乏，于是我站起身，黑暗便泼墨般覆盖了我的视野，扶住椅子的瞬间，我才意识到自己似乎坐了很久。不过她依旧是她，不会来我空间，不会回复我的消息。我走进厨房，打开咖啡机，舀进两勺咖啡豆，打开开关后又在壁柜里摸出一个咖啡杯。

这是长久以来养成的习惯，一起形成的，还有对那个女孩的想念。

高一选修课的时候，我们第一次见面。她慵懒地趴在桌子上，扎着清爽的马尾辫，气质脱俗，和周围的女伴玩笑时不经意露出的锁骨，扭动手指时微妙的弧度。我顿觉脸红，迅速把头埋进臂弯里。

后来，我们就没了交集。

我从冰箱里拿出一包牛奶，一只手晃荡着手中的纯白，一只手打开微波炉。关上炉门，定时八分二十秒。

叮——

我拿起勺子搅动咖啡，看着液面中央慢慢出现小小的漩涡。

2

周一体育课，恰好是第四节课，体育老师习惯于提早五分钟下课——在我就读的高中，这是所谓的第四节课福利。

小跑到食堂排队。她已经打好菜了，从面前走过的时候抬头看到我。她穿着橘红色的初中校服，内衬是黑色的线绒衫。她笑了笑，腾出一只手，“嗨”。我咬着嘴唇看着她自然地转身走远，心里荡漾着美好的思绪。

当晚，我和X说：“她和我招手了。”我拉着X在操场中央的草地坐下。我躺在草坪上，第一次畅快地大叫，享受着PM2.5指数600可仍旧清新的空气。

于是我每天中午似乎就有了足够的理由找一个合适的角落远远地望着她，她低头，她抬头，她吃饭，她聊天，她笑，她拢发丝。就算没有吃完，看到她起身要走我就默默跟在后面，绕远路跑到小卖部，就为了一次偶然见面，只为看到她的面容，光明正大，肆无忌惮。

然而现实总是被不知情的人跌宕出诡异的火花。我依旧是坐在安静的角落，静静地看着空空的座位。虽然知道她肯定去小卖部买了什么吃的东西，可是依旧跑到小卖部买了一块黑米糕和一瓶热奶茶。跑完步或许应该吃点温暖的东西吧。我如是想。

准备送上去又怕被拒绝，明明绕过她们班级门口好几回却最后绕路走回自己的班级。路上恰好碰到她班的W，正好是我朋友，于是我违心地让他去空教室一起做作业，玩闹了半天，支支吾吾地对他吐露了事情经过。他答应得爽快。

我一个人坐在偌大的教室边角，眼神游离。他怎么还没下来，我看了看表。几分钟后W终于下来了，手里拿着些作业。

我看着他，说："你怎么一脸这种表情？"其实我的内心已经预见了不好的事情，可还是强颜笑着。

W摇摇头，"她说不要，但，还是让我谢谢你。"

放学后，我找到X，告诉他我的不安："我不知道她怎么想，我慌了，我怕了。"

X要我直接问她，我想了想，于是拿出手机发了条信息给她："对不起，我只是想关心你。"

心惊胆战，特地绕远路去等在她必经的路上伪装偶遇，可是我却在看到她出现的一瞬间落荒而逃。我不敢见到她的微笑了。

周五班会课看电影，画面很美丽，我却满眼都是她的样子。快下课的时候我从后门溜出来，像傻瓜一样望着天，然后跑到洗手间用水泼打自己的脸，企图清醒自己混沌的思维。我甩着手上的水，踩着下课铃往教室走，一个拐角，难得地撞到了她。她是来隔壁班借书吧，看着我，微微招了一下手。我想我是该说些什么的，或者我可以停下来想一想，可是我在走，她也没停。擦肩而过的时候我竟然用自己平时玩闹的口气生涩地喊了声“学霸”。我无地自容，但是开心了。她走过来，她看着我，她对我招手。就是那么简单，就这样明媚了我的心情。似乎，她没有那么反感我吧。似乎，似乎。

晚上回家就打开QQ，意料之外，她的头像也马上亮了。我手指冰凉得僵硬，想发些什么，她先发过来了：“我考虑了一个星期，我们不合适的。我喜欢幽默的人，你太深沉了，不要再这样了。”

我默然了，许久回复她：“这样子啊，好吧。”

我把勺子丢进水槽，端起咖啡。

聊天记录就这么定格在那一天了。后来的日子，我会偶尔跟她说话，不过她都不会回复了，我慌乱地无所适从。最后一次碰面是在楼道，我伪装着开心地走过去，她看到我就跑开了，我僵笑着有点酸，于是摆摆手作罢。我似乎又回到儿时被高年级围在墙角欺负，缩在墙角居然就那么无力。如同，如同我僵硬地笑。

选修课是和中医文化有关的，她喜欢中药，于是我报了名，只是想窥视下她的侧脸，却得知她不在这里，纠结彷徨很久。鼓着勇气在QQ上发信息：“在吗？”

等来的依旧是沉默。

我终于决定放弃。

深夜在家喝咖啡，手滑，心爱的杯子碎了一地，带着所有温热的东西。那褐色，像记忆。

云彩和风铃的约定

菜菜老大

赤山村位于大山深处，山明水秀，处处绿树如荫，鸟语花香，景色秀丽得宛如人间仙境，只是凡事有利必有害，赤山村的人反而觉得这美景没什么好的，甚至是一种累赘，层山叠嶂倒是好看了，可是人出不去，路进不来，只靠山上那一亩二分薄田养活村里人，村里的孩子上学也是个问题。

夏天，正午时分，烈日当空。刘云躺在树下的一块青石上，本想很悠哉地睡一个午觉，但是，茫然而焦躁的心情又让他时不时地睁开眼睛，看看四周。

“嘿！云，你在想什么呢？”正当刘云陷入迷茫和困顿的漩涡深处时，突然，一个清脆的女生声音在他的耳边响起，吓得刘云一个激灵跳了起来。

“铃，你真是的，吓我一跳。”看清楚了来人是他邻家的姑娘风铃，刘云就笑了一声，那一瞬间，他脸上的愁云似乎消散了不少。

“云，你躲在这里干什么呢？”风铃一脸疑惑地瞪着眼睛，她并不是一个漂亮的姑娘，起码和刘云见过的那些城里高挑美丽的女子是有不小差距的，她的五官不够精致，皮肤也是山村特有的麦色，她身上的一切，似乎都和美丽这两个字眼沾不上，但是，每个女人都有自己独一无二的魅力，上天没有给风铃漂亮的容颜，却给了她如同山泉般清澈的眼睛和最甜美的笑容。

夏日，最解渴的不是那五颜六色的汽水，而是纯净的清水。

“云，是不是还在想上学的事情呢？”风铃的声音柔柔地飘进刘云的耳朵，激起了阵阵涟漪。

刘云望着风铃，轻笑一声：“是啊，我还是认为，人，总是要走出去好。”

风铃不解地看着他，似乎有些忧虑地说：“可是，我们在赤山村，不是很好吗？土地虽然少，但是粮食足够吃，山上四季有各种的鲜花和野果，天边的云彩溜溜地来往，风儿总是柔和的，这不是很好吗？还有叔叔婶婶，不都希望你留在家里吗？他们还指望你早点让他们抱孙子呢。”

刘云伸出一只手，用那因为终日劳作显得有些粗糙的手指向了天边的一缕云，轻轻地握紧，似乎那么一瞬间，云彩被他握在了手心，但是紧接着，云儿就乘着风甩动着轻灵的身子，悄悄地溜走了。

“铃，你看看山间的云，就是因为会动才能叫作云，如果总是停留在一个地方不动，那就只能变成雨水落下来了，那山间的水，不流动的话，就变成一潭死水了。”

“所以，我一定要出去，看看外面的世界，而现在，只有上学，才能让我走出去。”

风铃伸出一只同样粗糙的手，覆在刘云的手上，用力，握紧，传递过一丝温暖的情绪过去。“云，虽然你说的我不能全部听懂，但我一定要帮你。”

三天后。

“四百一十二块五，四百一十三块五，四……”依旧是村口那块石头，依旧是刘云坐在上面，依旧是满脸愁容。

手中的钱已经被他数了十几遍，甚至原本硬邦邦的钱都因为粘上了他的汗水变得柔软起来，其实无论他数多少遍，都还是那四百五十块，可刘云却依旧在一遍遍地数着。

这是他所有积蓄了，其中三百块是父母给的，五十块是他以前省吃俭用攒下来给自己娶媳妇用的。剩下那一百块是乡亲们借给他的。他清楚这包含着大家的全部血汗和积蓄，他很清楚，自己考上的重点高中，教学水平和学费处在同一高度上，单单是第一学期的书本费，就要六百元。

钱啊钱啊。刘云这个从小在山里长大的孩子，刚要准备走出这片大山去，就栽倒在了它的脚下。

他心想：“或许自己可以在上学的时候找份工作干着？听说城里有学生那么做，一年能挣不少钱呢。但是这第一年的书本费还有十天就要交了，现在说什么也来不及啊。”刘云苦苦思索着，他甚至有点懊悔几天前寄来的那封录取通知书了，若非有那封印着喜鹊的白皮，他那颗想要出去看看世界的心也不会这样跳动个不停。

“走出去？就真这么难？或许是我该认命？山里的孩子就该一辈子待在山里？”

一阵暖风吹拂过来，抚摸着他的身体，阵阵鸟虫低鸣的声音轻轻唱着，盘旋在他的四周，那感觉柔和而惬意，似乎是母亲的怀抱，似乎有人在跟他说：“你是山里的孩子，就是山里的孩子，山里有什么不好？”

山里有什么不好？确实，这里比城里要悠闲得多，忙完农活，就可以躺在青石上，卧在河滩沙地上，数云彩数蚂蚁，或者用一片叶子挡住眼睛，懒懒地睡上一觉。听听鱼儿跃出水面的浪花声，翻盖微风做成的薄被，这是风铃喜欢的日子啊，多么舒服，多么惬意。只是刘云觉得山外面的月亮没有山挡着，肯定会更圆。

刘云把钱收了起来，小心翼翼地压在了身下，望着天，呆呆地想着。

“或许，我还是留下来吧，过两年成亲，风铃一定愿意嫁给我的，我们在这里过一辈子，好好攒钱，生下孩子，以后再让他出去走走，这也不是很好吗？”

渐渐地，刘云睡着了，梦中，他变成了一只鸟儿，后来又变成一只鹰，头也不回地飞出了大山。

就在他睡着的时候，一只温柔的手轻轻地将一封信塞进了他的口袋里，手的主人，悄悄地走了，仿佛从没出现过。

待到刘云醒来，拆开信的时候，他第一次觉得想要走出去完全是个错误，自己为什么那么痴呢？

信是风铃的，里面有三百块钱和很简单的几句话。

“云，这是俺娘为我准备的嫁妆，本来就是给你准备的，现在先给你，你去上学吧。不要担心我，你走以后，我也会离开这里出去闯闯，只是和你不是一条路而已。”

突然下雨了，信很快就变湿了。

十天后。

刘云离开大山，去上学。

每个月都有一笔钱打给他，没有署名。

五年后一个冬天。

Z城的早市，一个皮肤粗糙的女子穿着破旧的棉衣正摆摊卖鱼，冬日气温很低，终日浸泡在凉水里的她，手已经满是裂纹，浑然不像个二十岁姑娘的手。只是，她依旧一刻不停地在刮着鱼鳞。

“这个月物价又涨了，要努力，多挣点，好让他添件衣服。”她自言自语。

突然，滴滴的喇叭声响起，一个身影下车，走到在她的面前，来人她有点眼熟，却认不出来，因为陌生多过熟悉。

“买鱼吗？保证给您收拾干净。”

“不是，我是还钱的。”

她终于认出了他，那是多少次梦中的人儿呀，只是没想过是如此相见，没想到见面时如此话语。

她转过头去，哽咽说道：“不用你还。你走吧。”

来人微笑着看着她，目光里全是温柔。

“三百块还你，算是聘礼了。”

时光别名叫无心

莫问

许多悲伤的故事，结束都在寒冷的冬天，仿佛这就是一个定律。

南方的十二月还像北方的秋天一样温凉，微风习习，梧桐树上的叶子所剩无几，风肆意席卷着地上枯黄的叶子，发出簌簌的声响。

那一天，火车上头笼罩着浓浓的、散不去的烟雾，像极了离别时妈妈微皱的眉梢，充满了惆怅和悲伤。想到这里，我突然开始感伤。

而我最好的朋友——苏柒，我想告诉你，与你分离后，我生活得很好，未来也会很好，希望你也能如此。而现在，我就要走了，去远方城市。

其实很多事物，我依旧记得。那是某年的雨季，一场雨过后，空气中弥漫着泥土的气息和芬芳的花香，在这种光景下，我将时间安排在了图书馆。

一排排的书柜就像海般广阔，那是我第一次遇见站在书海中的你，

你踮起脚尖却怎么也拿不到你心仪的那本书，努力了好久，你无奈地想要放弃。

而我却鬼使神差地上前替你拿了下来，你的那句谢谢是那样好听。

从那以后，我成了图书馆的常客。

我们有一个共同的朋友，就是季晨。通过他，我们顺理成章地相识了。一直觉得能遇见你，是我最美的运气。

我们经常在一起学习，为即将而来的高考冲刺，有一次，你问我："时光，这次考试，你有把握吗？"

那一刻，我望着你温柔的眼神，心虚地低下头，只恨自己的脑袋装不了太多功课。

只是你这一问，成了我向上的动力，无论多辛苦，我也要奋起直追。我开始整日与枯燥的习题做斗争，想放弃的时候，就会想你鼓励的笑容。

梦里，我看到一轮旭日微笑着升起，将周围的天空染得一片通红，我迎着朝阳奔跑，心里有了一个信念，我们要一起为梦想插上翅膀，展翅翱翔。

关于喜欢你这件事，成了我心中深藏的小秘密。

我时常以学习为借口，邀你喝东西，一起聊聊你的未来。你看我的眼神也慢慢变得不一样，大概你知道了什么，后来你开始躲我，对于我的邀请你开始逃避。

我借口去爬山，同时邀请了你和季晨。

那一天，我原本想告诉你，我内心的想法，却最终没有提起勇气。

回来的路上，细雨绵绵，你不小心滑倒扭伤了脚，我想上前扶你，可是季晨快了一步，他迅速背起你往山下走去。雨水和他的汗滴交织在一起，眼里露出不安的担忧。而趴在他背上的你，眼神是安静的。

那一瞬间，我想了好多。如果背起你的人是我，结局是不是会有不同。

岁月匆匆而来却又匆匆流去。

高三的生活总是忙乱而单一，毕业的夏天如期而至，紧接着便是高考，那是决定人一生命运的考试。

高考分数公布的那天，我们都很幸运地考过了录取线，我看见你和季晨的名字排列在一起，我高兴之余也明白了什么，我错过的，不是只有那一次来不及的表白。

关于你，苏柒，你还是一如既往的温和，只是对着我有了歉意。你说：“时光，你会和我们一起吗？”

我笑了笑，沉默。每一个优秀的女孩都该有一个更优秀的男生去爱，去呵护。

苏柒，对于你，我已经不会再有那种心跳的感觉了，那是喜欢，而不是爱，原谅我没能亲口告诉你，谢谢你教会了我如何去爱。

还有季晨，我的好哥们儿。我会记得所有你对我的好，所有我们称兄道弟的日子。

过去我们三个人在一起的日子，尘埃里飘着我们的快乐，笑声中留下我们太深的友谊，哭泣里流露着太多的真诚，认识你们，我无怨无悔。

而我，一直有一个小心愿，从未对任何人说起，就是我想目睹一场鹅毛大雪。如同我向往的，纯白无瑕的爱情。说起纯白，黑龙江是个不错的地方。我坚信世界这么大，每个人都会遇见对的人。

苏柒，季晨。你们是我年华里最盛大的尘埃，也是最耀眼的星辰。

十八岁，我还很年轻，我还有大把的青春能消耗，我相信时间会改变我们，岁月会把我要的都给我。

然而，这都不算什么——好朋友，我叫时光，时光别名叫无心。

光阴的故事

徐敏捷

最近过得有些落寞。

时间像已经过了很久很久，每次回想，都像是隔着迷雾远眺对面的海岸。一些哭哭笑笑都已经失去了声音，一些鲜活的事情都已定格成几幅静止的画面。回忆已泛黄到易碎，却依旧受着时间的蹂躏。

时间究竟有多强大？它让人逐渐不去在乎一个人究竟是纯真还是幼稚，是执着还是固执，是勇敢还是鲁莽。

因为时间会牵着我们走，时间会推着我们走。

有人说：人生的尽头便是无尽的回忆。人的一生，到最后也只能是两手空空，只有记忆才能挥之不去。对我而言，美好的记忆大多是和朋友在一起。朋友是记忆的载体，喜欢和朋友在一起，只因不愿意忘记曾经的自己。

一个喜欢怀旧的人会不会略显寡味？但是朋友如酒，谁不爱喝老酒？

我最珍惜的朋友啊，如今已到了离别的季节，花已开完，叶还未落，霜寒露重，望君珍重！我还不习惯离别，我还不习惯分头走。我没有不流泪的天赋，我无法阻止滚烫的泪浇得心头难受！

从此只能少了把酒言欢，只能多了一帘幽梦。

对于不能说话的朋友，我以为在这个时间，这个维度，没有早一步，没有晚一步，在时间无涯的荒野里相遇，便也是一种成全。在年华最美时相遇，在红尘最深处相逢，已让人忘记了零碎的种种。沉默是最初和最后的语言，一瞬间的笑也能定格成永恒的画面。

我说，世界上最远的距离是两颗流星的距离。

离别不应是持久的主题，泪水也应收集在手绢里。世界有多大，绕上几圈也许在人海茫茫中能再次相遇。也许这是一次唯美的诀别，也许是为了重逢而做的铺垫。而我更愿相信，如今的离别是为了将来重逢的喜悦！

所以你走了，便走了，便不用回头，再眷恋一眼。

所以我走了，便走了，你也不必叹息，令我的脚步更加沉重，令我夕阳中的剪影不那么美丽。

有时候，什么话都不要说，风过无痕，踏雪无声，一滴泪水便包含了所有。

无论朋友走得多远，回忆都剪不断。我会守护着回忆，就像捍卫着美景一样。

世间有万千的变幻，从哭到笑，从横眉冷对到相亲相爱，都是关于光阴的故事。不论你喜不喜欢，你都必须得接受这红尘的羁绊，人事的纠缠。有时一眼便决定了命运，有时走错了一步便中了宿命的埋伏。

那么，我们理应在有限的生命中彼此相依。

有时候，我们远没有一首歌、一行诗、一篇文章活得长久。别人会忘了我们的存在，我们的曾经。但不管怎样，我们都已经写下了光阴的故事，你我又怎么会忘呢?

青春可记不可祭，记忆可留不可流。

在此刻，我只想做一个无名的歌者，萍踪无影，浪迹漂泊，为你唱一首天涯寂寞的歌。

静看似水流年

蒲草

静看似水流年。这几个字其实是我昨夜在梦中出现的。昨夜似乎梦到了许多人，许多事，我在梦中又仿佛经历了许多的岁月，从什么都不懂的小孩，一直梦到现在还是什么都不懂的大小孩，有一种恍然一梦十几年的感觉。也许梦里的时间本来就过得特别快吧。如果现实也是如此，那该有多好。

但是等到醒来以后，梦里面的事却一下子记不大清了，又像是在一瞬间，所有的思绪被贼人偷了个精光，这感觉很不爽。不过也不尽然，至少脑中还留存着依然清晰的这几个字——“静看似水流年”，这或许是一种暗示，又或者是醒悟吧。

历来人们都喜欢把时间比作流水，透明无形，东流不复。但事实上水却是可以结冰进而凝滞的，而时间呢。倘若时间都缓了下来，都停在了这一刻，那将是多么壮观的场景啊。难以想象会有多少人在同一时间看着同一本书，听着同一首歌，想着心里的那个谁。同一条月光铺洒的小径，将会有多少对恋人携手走过；同一个宁静的角落，将会有多少人一同上演他们的故事；同一片草坪，一定也会有很多的人一起看到了流星。而又会有多少人，彻夜不眠，在床上对着微弱的灯光，小心翻看那一封封载满了回忆的信件，在大雨的夜里试图回忆一份自以为存在的爱，在深夜对着键盘敲下连自己也不敢多问的心事。

然而这一切都是不可能的了，因为时间毕竟不是流水。那么，难道这么多的故事都只能是被辜负了的落花吗?

耳边那首不知名的钢琴曲在不断地重复着，一遍又一遍，让人错觉好像一切都可以静静地发生，又可以不知不觉地从头再来。流畅的琴声，简单而寓意无穷，仿佛有一位绝美的仙女正拨动着我的心弦。于是我不自觉地闭上了眼睛，任思绪慢慢地打开，一点一点，直到它渗透了整个房间。此刻，手指下的电脑键盘好像也成了那黑白琴键，而我就是那个默默弹奏的钢琴师。这样的错觉真美。

如果说音乐是一壶美酒，那么我更愿意相信它其实是一壶毒酒，令人欲罢不能。因为它攻占的不但是你的肉体，还侵染你的灵魂。

后来我开始让记忆回放，就像旧式的录影机，画面总是模糊地闪过，连声音也听起来是那么地生硬，在哽咽中后退。

小时候真的很天真，但不敢说无邪。记得那时候我总是弄哭几个邻家的小女孩，而和周围的小男孩却从未吵过架，还好得要命，大概就从那时起，老天就注定了我将得罪一些女生吧。然后她们的奶奶总会向我奶奶告状，那时奶奶总是对我厉声斥责，等告状的人满意地走了，她便立刻变回了那个和蔼的老人。可惜如今我再也没有机会享受这样的保护了。

再后来是活得最趾高气扬的小学与初中，一直在老师、同学、亲人的赞扬声中长大，那时总以为自己是这世界最厉害的人了，什么都好，什么都很厉害，连朋友都不屑交几个，落得现在我都没几个朋友，但至少还是有的。在我最目中无人的时候，有人依旧没远离我，于是这少少的朋友便成了我最最放不下的人。

最后是最最糟糕的高中。这说长不长的三年，好像自己一直都喝醉了似的，整天昏昏沉沉地，也开始厌倦了读书。然而我却在我最无助的时候，认识了几位伯乐，也经历了许多事。渐渐地，我开始领悟，原来人生并不是那么简单的。一切美好的事物大都只是镜花水月，而我们却往往忽略了真正应该珍惜的人和事。

后来高考结束了，书本也扔光了，却发现再也扔不掉一些东西。高考前一直安慰自己只要熬过了这个六月，一切都会好起来的，一切都将百废待兴。然而现在我发现自己错了。我们自以为逃出了恶魔岛，却在无意间登陆了更加可怕的住满魔鬼的大陆。现实是残酷的，而我也只不过窥到了其中很小很小的一块而已。或许总会有一个美丽的精灵出现，带我越过荆棘，翻过刀山，渡过血海，遇见光明吧。但是如果连那唯一的精灵都退出我的森林，那我是否还有勇气继续摸索着走下去，侥幸地希望自己所有的坏事都错过了？

是屋内的气氛在抽烟

是老人的眼神在播放老唱片

秋刀鱼离开了水面

想找人说话时也只能加把盐

老人步伐不稳摇晃着肩

从清酒中打捞起初恋

却迟迟喝不下呛鼻的从前

口袋里只剩一把冬天

两张不知所措的脸

说好了在樱花集体离开家门前

所有的花季都顺延一年

渡边橘子口袋里的雪花

早已干燥成干燥的那一面

倾听着方文山犹如伶人弹唱般的歌曲，时间好像一下子苍老了。当雪花都消融，当樱花都风干，我难道也只能望着清酒中晃动的画面，叹息一切都已无可挽回了吗？

现在我打开了灯，关掉了音乐，于是所有美妙的幻想都随着音乐一起戛然而止。而这个现实的、残酷的、邪恶的、虚伪的、做作的、滥情的、伤感的、冰冷的世界，重又浮现。

而心中却始终不愿醒来，那天那个真实的梦。

青春，你老了吗？

何紫滟

总是有那么些人当青春已逝，容颜已老时，才不得不感慨：那些年，我在哪里？

青春，不论友情，爱情，事业，学习，都在高潮。

青春，就是一场大雨，而我们都只是渺小得不能再渺小的幼苗。

只有鼓励自己，相信自己，不断地奋斗不断地前行，你才能度过那倾盆的大雨，然后成长，感叹眼前的一片明媚，感叹你曾是那么的明智。

青春，并不都是光明的，如果遇到困难，就此放弃，就此颓废，随遇而安，不愿争取和煦的阳光和春风，你就注定是失败的，等将来回首，你会发现有那么一段记忆是空白的，有那么一段岁月是荒废的，有那么一次关系到未来选择是错误的……

不敢说上帝是公平的，我们生来就是在不一样的家庭，不一样的环境，我们有不一样的特长，不一样面孔，但是一样的是我们都可以有自己的梦想和目标。

努力是每一个人都可以做的，毅力却不是每个人都有的，轻言放弃只会阻碍你前进的步伐和动力。

在这个时代，大家最常犯的毛病就是拖延症，我们总在不停地计划这个计划那个，却总因为战胜不了自己的懒惰心理而向后拖延计划，本该今天完成的事情又要拖到明天，明天又拖到后天，就此变成了一个恶性的循环。

青春是在你身上，你有人生最宝贵的东西，那又为什么不珍惜呢？青春很短，就算有再多的钱也无法买来。

我没有用太华丽的词句来形容青春，因为毕竟不是每个人的青春都像《小时代》中的那样轰轰烈烈，我们都是普普通通的人，但是我们都有最珍贵的青春。

青春时代是一个短暂的美梦，当你醒来时，这早已消失得无影无踪了，所以早做决定，告诉自己奋斗吧！

我们还年少。我们总是很容易就受伤，总是一不小心撞上人生的悲喜，跌跌撞撞，亦步亦趋，摔倒受伤，幸而我们都还很年轻，我们复原得很快。青春的朝气和前进不已的好奇心若消失，人生就没有意义，不是吗？

莎士比亚不是说过：“人的青春是短暂的，但是，如果卑劣地度过这短暂的青春，就显得太多了。”

谁没为青春里的人或事流过几行热泪？

我们感动过，伤心过，痛哭过，委屈过。

我们奋斗过，失败过，紧张过，松懈过。

但是我们不曾轻言放弃！你得瞧得起你自己！我觉得有句话说得很好，自己选择的路就算跪着也要走下去。

说说我自己，我是学芭蕾的，或许听到芭蕾大家联想到的就是高贵优雅的天鹅，相信大家多少了解点芭蕾，芭蕾舞者就是光鲜亮丽的，她们生来就是舞台上的天使，但是事实上，它是残酷的，你得保持身材，不论烈日炎炎或是寒风凛冽，你都得穿上薄薄的减肥服，在那八百米一圈的操场上来回奔跑；你要控制饮食，不能随心所欲吃自己想吃的东西。课堂上，你挥汗如雨，穿着足尖鞋，那从脚尖传来的痛楚你还得隐藏在淡淡的笑容下，那使你连每一寸呼吸都疼得大跳更是辛苦；课后，留在教室压软度，尽管很疼但你必须坚持，因为这是你自己选择的道路，你一定要咬牙走下去，并且，完美地走下去。

别再娇滴滴地像个小孩了，你的未来是要走向社会的，你要坚强，以后不会有那么多人包容你，纵容你一次次犯错。

你有亲人，有你爱的人，那你不努力，拿什么给他们幸福？

青春即逝，在你还有精力拼搏的时候多做些又有什么不好？

找准方向，就这么一直向前走吧，现在，还不晚！一切皆有可能！

人生这一场烟火

蒲草

转眼，日历上显示的时间已经是2014年了。时间其实过得并不快，只是每到年与年的更迭之际，我都会有一种时间飞逝的强烈感觉，于是不禁感慨惋惜。或许，像我这般浑浑度日的人也会有真切地感受到时间存在的时候吧。

记得十几岁的时候，我都十分盼望时间能过得快一点，最好一下从十一岁直接跳到十七八岁。大概是渴望快点长大，那样我就能做很多自己做不到的事情吧。比如能长高摸到篮球筐，能有足够的钱买到心爱的东西，或者可以在大人中有足够的发言权。可惜当时的时间总感觉过得太慢，从十岁到十七岁，我总觉得自己过了好久好久，以至于当时觉得人生确实好漫长，怎么活都活不完。

而长大又是什么呢？如今我已二十有余，这之间十年的时间在如今看来却忽然间显得如此短暂，咻的一声就没了。而如今的我呢？当然不可否认我无论从外形还是对这个世界的认知都已经有了不同程度的改变，不敢说提高了，但至少各方面都“大号”了不少。该出现的也在该出现的地方出现了，该经历的也差不多在不知不觉间经历了。然而很多东西其实我和当时还是一样的，我还是那个我，当初一直以为自己是个小孩，大一点就会有全然不同的思维。而现在其实我还是那个小孩。这大概是所谓的本性难移吧。当初无比渴望碰到的篮球筐如今还是遥不可及，当初想买的东西现在却早已不再想要，反而这个世界有越来越多我可能永远也得不到的东西出现。

很多人说长大是一种无奈。而长大却让我无语，让我学会了沉默。渐渐地，我发现自己已丢失了许多当初美好的幻想，和对这个世界的种种好奇，取而代之的是忍受、接受进而妥协，最后就不再质疑什么，而是想怎么让自己能更好地和这个世界相拥。众人皆醉我独醒，那你还是醉的。这大概就是成长吧。而我真的已经长大成人了吗？

今夜算是大学时期的最后一夜了，这感觉就像故事马上要换下一个章节了。接下来的故事会如何进展，又会有什么全新的人物登场，或者又有多少故人淡出我的世界，我不知道。至于这个行将结束的章节我书写得如何，倒是可以回忆个大概的。

整个大学时期有很多人物在我的生命中依次登场，男的，女的，除此之外，还是男的，女的，当然也只有男的女的。然而有些男的女的就在不知不觉间不见了踪影。大概人生在时间的长河里也遵循新陈代谢的规律吧。

有句话说，**经得起时间考验的才是好的**。是啊，物如此，人也如此。这之间该珍惜的，该淡忘的，甚至该憎恶的，或许也终有一日不过换回一声叹息吧。一切都是浮云，又不是浮云。因为浮云终会远离、消逝，而那些散在流年里的往昔总还是有迹可循的。

大学四年有很多欣喜甚至狂喜的事，自然也有很多失落的失败的事，但无论如何我还是经历了。如果把人生比作一门大学课程，那么经过的时间就是这门课的考试，无论你有没有认真学，到最后大部分人都还是可以顺利通过的，只是这过程中你是努力地付出过还是蒙混过关的，也只有每个人自己知道了。

忽然想到很多电影里常用的叙事方式，画面一转，故事已是几年后，甚至几十年后。故事里的人们都在不觉间从小孩变成青年又忽然苍老了容颜。就像《如烟》那首歌所唱："七岁那一年，抓住那只蝉，以为能抓住夏天。十七岁的那年，吻过她的脸，就以为和他能永远。有没有那么一种永远，永远不改变，拥抱过的美丽，再也不破碎……"这世界上没有永恒的东西，这是不变的真理。如果世事注定要变迁，那么我希望在它改变前，我们能尽我们所能不留下遗憾；如果时间注定要我们垂垂老去，那么我希望我们不要辜负了那些时间曾经所赐予我们的。人生如烟，就让我们的人生能多带一点火花，因为烟有了火，就不再是烟，也不再是火了，而是美丽的烟火。

青春的“预谋”

时间煮米

炎热的午后，教室里风扇呼呼地转动着，却怎么也吹不散空气里的闷热。

罗一一百无聊赖地趴在课桌上，昏昏欲睡。周围的同学们都在聊天，兴奋的声音阵阵传入她的耳朵。

“知道吗，今晚宋茜要来快乐大本营。”

“对她没感觉，我喜欢五月天。我妈妈说如果我考得好的话，假期带我去看他们的演唱会……”

她独自待在角落里，想要接话却又不知道说些什么。

罗一一从一个小镇的中学考入这所梦寐以求的市重点高中，可她一点也不快乐。她融入不了这个集体，她吃得简单，穿得平凡，跟班里的女同学不太一样。她曾经试着加入同学们的谈话，可她经常听不懂他们说的话。她跟他们格格不入。

花样的年龄，正是追星的时节。班上的同学或多或少都有几个偶像，罗一一也不例外。

其实，她已经不记得自己怎么知道这些偶像的，只知道自己对这些偶像也有别样的情怀。那是一个出道很多年的韩国组合，那个组合没有花样的容貌，班上很少有人提及他们。加上罗一一本就是内向腼腆的性格，她更是不可能主动提及，所以她将这份喜欢埋藏在了心底，从未提起。

“嘿，你有没有偶像啊？”耳边忽地传来爽快的声音。

罗一一纳闷地抬起头，她来到这里，几乎没有人主动和她说过话。所以她有点惊慌失措，下意识冷冷地回答：“没。”

“哎，别骗人了，我知道你们女生都很花痴的，怎么可能没有喜欢的明星啊？说说呗……”前面的男同学继续说到，白净的脸上带着明媚的笑容。

罗一一还是不知所措，空气似乎冻结了，她不知道怎样应对这突如其来的对话。

最后，那男同学悻悻地自我介绍说：“认识一下吧，我叫弋嘉。”

罗一一呆板地回了句，“我叫罗一一。”

或许是罗一一冷漠的表情浇灭了弋嘉的热情，他们的第一次谈话就这样结束了。但罗一一记住了这个阳光的男孩——第一个主动和她说话的男孩。

他们就这样认识了。

时光悄悄流逝着，不留下一丝痕迹。

高中的学习任务远远重于初中，市重点中学里的竞争更是激烈。因为初中在镇上学习，罗一一的英语水平远远低于市里的学生。尽管她熬夜学习，可她总觉得力不从心。她学得很吃力。

不由自主地，罗一一会下意识地注意弋嘉。弋嘉的成绩很好，经常在班级名列前茅，特别是他的英语口语，经常让罗一一羞愧地低下头。他觉得教室的后面安静，所以申请调到了这个专属于差生的角落。弋嘉为人开朗大方，喜欢笑，是班上很多女同学八卦的对象。

他们如两条平行线一样，没有什么交集。

直到有一天，罗一一又一次为难堪的英语测试分数难过，忽然听到陌生而熟悉的声音传来：“我帮你补习英语吧。”

下意识拒绝的话语还未说出口，对方爽快的话语再次传来：“若想学好高中的知识，绝对是不能偏科的。其实英语学习是很容易的，只是你的方法不对。只要你多读多练习……”

罗一一抬起头，感激地对弋嘉说声“好”。

后来，在课余的时间里，大家总会看见罗一一和弋嘉在一起学习英语。

日子在跳动的空气中一天一天流逝，他们渐渐熟悉了起来。

“一一，你也喜欢他们啊？”一个夏日的午后，当弋嘉看见罗一一书上的贴画时，惊讶地叫出声来。

罗一一像找到知己般，激动地抓住弋嘉的胳膊，笑容浮上她的脸庞，眼睛弯成了月牙。

“是啊，他们是我的偶像。你不会也喜欢他们吧？那我们真的是太有缘了……”罗一一第一次喋喋不休起来。

“我特别羡慕他们那种友情，我也好希望能有几个这样的朋友陪我从青春年华走到而立之年……”

“是啊，他们为彼此放弃了很多，才能携手走到这么远。他们的歌也特别励志……”弋嘉的脸上洋溢着灿烂的笑容。

那一天，他们回忆过去，畅想未来，分享着彼此的梦想，从学习到生活，从八卦聊到国家政治。这种轻松的感觉，罗一一已经很久没有感受过了。

从那以后，他们开始无话不谈。弋嘉成了罗一一在这里唯一的朋友。

罗一一渐渐向弋嘉聊起她的故乡，她的朋友，她的烦恼。她说她想念在那无忧的生活，想念同学间的坦诚，她说她讨厌攀比，讨厌没有朋友的感觉。

弋嘉说他可以帮助罗一一提高英语成绩，帮助她融入这个集体，他可以做她倾诉的对象。他向她分享他旅游的见闻，他希望她有更广阔的天空，他希望把快乐带给这个可爱的姑娘。他对她几乎无话不说。

可弋嘉没有告诉罗一一，她与他的相识、相知都是他的“阴谋”。

当她第一次走上讲台自我介绍时，他就注意到了她，那个腼腆又带一丝坚强的女孩；他为了她向老师撒谎，告诉老师他想要安静的环境，申请调到教室后面；他无意中发现她书上的贴画，开始查找那个韩国组合，甚至比考试更认真，而这是他以前嗤之以鼻的事。

他没有告诉她，他喜欢她。在与她接触前就喜欢上了她，可能难以置信，却是千真万确。他想要看见这个满腹心事的女孩展开笑颜，他想要探索她内心的故事，他想要保护她。

可与她深入接触后，弋嘉却不知如何表达自己的心意。

他说不出口。她背负了家庭的希望，她唯一的目标就是考上理想的大学，她曾经看着班上的情侣明确告诉他，她现在不会谈恋爱等考上大学再说……

他现在唯一能做的事就是默默地在她的身边，守护她，然后和她一起，努力考进同一所大学。

原来年华并不孤单

徐敏

许年华坐在苏致远的后面。

有段时间教育局严查各学校的补课情况，于是学校偷偷把补课地点改在了校外。为了租金便宜，学校把教室定在一条深巷里的小平房里。许年华就是在那间灰扑扑的小平房里遇见了苏致远。

苏致远是全年级最好看的男生，很多女生都喜欢他。而许年华，只不过是一个平凡的女孩，你看了一眼就会迅速忘掉，而且长得有点胖，两条圆滚滚的手臂像丰收的大萝卜。班里喜欢恶作剧的男生总是欺负她、嘲笑她："像你这么胖的女孩怎么会有男生喜欢？"

"男生本来就应该喜欢胖胖的女孩吧，"许年华心想，"喜欢骨头的，那是小狗。"可这种话，许年华是不敢说出来的，因为说出来也没有说服力，生活中胖胖的女孩从来都不讨男生喜欢。因此，许年华孤独，那种不讨人喜欢的孤独，也可以叫作卑微。

可是补课的时候，许年华偏偏坐在了苏致远的后面。苏致远托着下巴听课的姿势，一尘不染的白色校服，还有瘦瘦的脊背，都深深地刻在了许年华的眼里和心里。

哪怕只是在背后默默地看着苏致远，许年华也是很高兴的。可苏致远是这样出众的男生，出众到令许年华小小的暗恋心思，都只能独自放在心里。

有一天，补完课以后，许年华像往常一样背上书包独自走进那条深巷，没有人愿意和她同行。

许年华叹了口气，没有注意到眼前的路，被地面上散落的砖石绊了个跟头，狼狈地摔倒在地上。一时间，同学们纷纷围上来，嘲笑声不断，却没有人愿意伸出援手。

“咦，你看，她怎么倒在路上了？这让人怎么走？”

“是啊是啊，真是碍事，她就不会自己站起来吗？”

“这么胖，怕是爬都爬不起来吧。哈哈。”

许年华尴尬地想要站起来，一抬头，发现有一只手伸向她。许年华感激地拉住那只手站了起来，然后才发现手的主人原来是苏致远。

“怎么样，摔得重不重？”苏致远关切地问道，“用不用我搀着你走出去？”

许年华刚想点头，就听到了身后女同学的议论声。

“天呐，许胖子为什么还拽着苏致远的手不肯松开，太不要脸了吧。”

许年华黯然地松开手，拒绝了苏致远的好意，随后一瘸一拐地走了出去。在松开苏致远的手的一刹那，她暗暗下定决心，她要减肥。

她要减肥，她要摆脱那段卑微而孤独的生活，要做一个和苏致远一样出众的女孩。她再也不要像那天一样，松开自己喜欢的人的手。

为了减肥，许年华开始节食，每顿只吃很少的青菜，有时候甚至饿得头晕眼花，只有在补课的时候看着苏致远的背影，她才勉强提起精神来。

“你还好吗？我看你最近脸色很苍白。”一天补课的时候，许年华埋头抄着笔记，面前突然传来一张小纸条，是苏致远写给她的。

许年华捏着纸条不知所措，在她的青春年华里，从来没有过这样的关心。她在纸条上写了又擦，擦了又写，最后只能笨拙地回复道：“我在减肥，谢谢你的关心。”

其实她真正想写的是自己的心意，一个自卑的胖女孩不被人理解和尊重。

如果表达出来，就是，苏致远，我喜欢你。

许年华揉揉自己饿扁的肚子，望着窗外的一片黑暗，落寞地叹了口气。

过度的减肥不仅没有让许年华瘦下来，反而让她的身体日渐虚弱，加上学业负担重，她时常会低血糖。一天补完课，她收拾好书包后站起来，头晕得站不稳，幸好苏致远及时地扶了她一把，她才没有又一次摔倒出丑。

“你怎么了？”苏致远问她。她没有回答，只是深深地低下了头，听见那些讨厌她的女生又在骂她：“这个胖子，一定要缠着苏致远吗？她也不照照镜子看看自己！”

“我很孤独。”她在心里默默地说。

有一天，由于过度减肥，身体虚弱的许年华在学校里昏倒了，她被送到医院输葡萄糖。许年华醒来以后，望着吊针心下黯然。这葡萄糖一打，前一段时间辛辛苦苦坚持的减肥就全废了。难道许年华一辈子都只能做那个胖胖的、不受欢迎的、孤单落寞的胖子吗？

许年华正忧伤着，病房的门吱呀一声被推开了，走进来的是穿着一尘不染的白校服的苏致远。

“许年华，你还好吗？”苏致远关切地问道。

许年华摇摇头。

“你何必这样为难自己呢？”苏致远顿了顿，轻声说：“其实女孩子胖一点也没什么呀。”

“你不懂。”许年华低下头，望着自己肉肉的手掌，“你一直都很出众，有很多女孩喜欢。所以你可以毫无心理负担地说出‘没什么’这种话。你不知道一个胖女孩要遭受多少不公平的待遇，在没有人愿意陪伴她、帮助她的时候，又有多孤单。”

“可是我一直都愿意帮助你的啊，许年华。”苏致远诚恳地说，“在你摔倒的时候，脆弱的时候，我都会站出来帮你的。所以，其实你一点也不孤单。”

许年华抬起头，难以置信地望着苏致远。她的确从来没有想到过，自己平凡的青春年华其实一点也不孤单，像苏致远一样愿意对她伸出援手接纳她的人一直都有，只是她缩在自卑的黑暗里，不敢接受。

“会有男生喜欢你的，许年华，胖胖的女孩其实很可爱。如果没有的话，我愿意算上一个。”苏致远说。

而许年华，她终于可以摆脱自卑，自信地告诉苏致远：“那当然，因为男生本来就应该喜欢胖胖的女孩。”

许你沉默时光

茶烟里

冯寒喜欢欺负梁慕霏，这是全班同学都知道的事情。

冯寒是天才，对数字有着天生的敏感。小学的时候他就学完了初中的数学，初中的时候学完了高中的数学，到了高中的时候，他能看大学的线性代数了。

“喂！猪头，你又发什么花痴？看帅哥看傻了吧！一道题到现在都解不出来！”

冯寒抢过了梁慕霏桌上的数学练习册，看了一眼空空一片的习题册，扯着嗓子开始在教室里嚷起来。

冯寒喜欢在班上对梁慕霏嚷嚷，这事大家早就已经见怪不怪了。

“冯寒，你还给我！”

梁慕霏踮起脚尖，去夺被冯寒拿在手里的练习册，可天生的身高差距，她努力了半天都是徒劳。

“你要我还给你啊？可以，除非……”

“说吧！干什么？”

冯寒转了转眼珠子。梁慕霏知道，他一定又想让她干什么跑腿的事情了。

“中午来的时候，记得给我带学校外面那家店的蛋挞，双份的，记住了！”

“知道了，还给我吧！”

冯寒欺负梁慕霏，在高二三班的教室里，一天上演的次数不下三次。

“这个星期我值日，梁慕霏你记得留下来把黑板擦干净，教室的垃圾倒了！”

“下午篮球赛，你记得给我送水！”

“……”

其实梁慕霏的心底，对冯寒还是有一丝丝的感激，因为他，她觉得，至少在班级里她不是一个“隐形人”。

从小到大，她都是“隐形人”，学习成绩不高不低，同学关系马马虎虎，基本上没有几个人真正记得她。

周六的下午，冯寒的爸爸在医院值班。冯寒中午吃过饭之后，妈妈便让他去给在医院值班的爸爸送饭。

最意外的一次遇见。他竟然在医院的走廊里，看到了梁慕霏。虽然，只是一个模糊的身影，但他还是一眼就认出了她。

可是，沿着病房的走廊将那个楼层转了一大圈之后，他却找不到她了。

心底的疑惑，渐渐地扩大。很奇怪的感觉。因为，梁慕霏已经连续三天没有去学校了。她没有在教室，他竟然也那般无聊。

慢悠悠地在几个科室间晃荡，突然间，他耳边传来几个阿姨的议论声，他不由得驻足聆听。

"很坚强的女孩子，都已经被查出来了，还是要去学校里学习。如果这亲属都匹配不上，转到中华骨髓库去找的话，希望就更渺茫了！"

"可是，她是单亲家庭的孩子，你说这孩子得了这么大的病，现在都见不到她爸爸的人影，真是可怜！"

"主任说她妈妈还是一个公司的老板，家里有钱，转到国外去说不定还有活下去的可能……"

周一的时候，冯寒看到了梁慕霏，她戴了一顶针织帽，坐在教室的窗前读书，窗户还开着。

秋末，北方的天，已经微微有些寒意了。

阿姨的话，又一次响在他的耳边。"一个叫梁慕霏的女孩，前段时间刚查出来，是白血病。可是，她还坚持上学，哎，小寒，好像还是你们学校的！"

他走进教室，放下了书包，起身关掉了梁慕霏身边的窗户，连他都感觉到窗外渗出的那点点寒意。

“开什么窗户，你想冻死我啊，梁、慕、霏！”

是威胁，是吓唬，但更多的，是一份隐隐的关怀。

课间的时候，冯寒看到梁慕霏从书包里拿出了药，二话没说，便抢走了她放在桌角的杯子，跑到教室前面的饮水机里，帮她接了一杯温水。

温水，正适合吃药。

“你以后别再生病了，你走了，害得我想欺负别人都找不到人！”

憋到嘴边的关心，还是转化成了浅浅的威胁。

高二三班的人，渐渐地发现了一个现象：冯寒还是在欺负梁慕霏，但那种欺负很奇怪。

“梁、慕、霏！给你说过了，这星期值日的是我，谁让你擦黑板的！”

“这是我刚从家里带来的药，你赶紧喝了！”

欺负，谈不上，关心，又不止。

一个月之后，梁慕霏休学了。

班里的流言渐渐多了起来，梁慕霏的休学，有什么隐情?

关于梁慕霏的事情，冯寒没有在班上说一句话。以前的他，一听到梁慕霏有什么八卦或囧事，恨不得让全天下人都知道，但这一次，他选择了沉默。

梁慕霏做手术的时候，冯寒一直守在手术室外面。

“她爸爸专门从国外赶回来的，幸亏不晚，手术的成功率百分之九十多，放心吧！冯寒，她以后的人生会很灿烂的！”

手术室外面，梁慕霏的妈妈这样对他讲。他看到那个商场上的女强人，眼底泛着泪光。从梁慕霏住院一直到手术，冯寒从来都没有见过她哭泣，她比任何人都坚强。

而梁慕霏，是笑着被推进手术室的。

“谢谢你，冯寒，谢谢你愿意帮霏霏。” 梁慕霏的妈妈说。

梁慕霏醒来的时候，还很虚弱，但她还是笑着对他打招呼，对坐在病床前的冯寒说的第一句话便是“谢谢你”。

谢谢你的沉默，谢谢你这些天的关心，谢谢你一直以来让我不是一个“隐形人”。

别人或许听不懂，但是冯寒听得懂。是的，她在谢谢他的沉默。

印象里，这是梁慕霏第一次对他说“谢谢”。

这个世界上，流言蜚语最伤人。或许，别人不懂，但单亲家庭长大的梁慕霏，怎么可能不懂。

从小到大，她因为没有爸爸，受到小朋友的冷嘲热讽，大人的讥笑，她听得太多太多了……

所以，只有她知道，冯寒的沉默，对她来说，是多么弥足珍贵。

他用沉默，许了她一片安详。

急景流年，那一份沉默缱绻在了时光深处。

她，还有他，都会记得。

再见，迷失

茶烟里

有人说，青春的路上，我们总会遇见一些人，惊艳了岁月，温暖了时光。

——题记

最近叶宸有一个习惯，每一次上自习的时候，他总会不自觉地望向窗外，幻想一下一年后的九月自己在哪里，然后埋头读书。

因为他怕，他怕那个第二名的顾铭超过自己。他们的分数，每次都是几分的差距。

高二的暑假，虽然放了三个星期的假，但是这个假期对于叶宸来说一点儿也不轻松。他依旧脱离不了母亲的唠叨，对于叶宸，她的要求，甚至可以称得上是苛刻。

“宸宸，这次的年级排名，虽然你还是第一，但是你知道吗，那个第二的顾铭只比你少一分！妈妈阅卷的时候，对比了一下你跟顾铭的卷子，妈妈发现你跟顾铭的差距越来越小了，不要因为多出来的那一分就沾沾自喜，他超过你，指日可待，你要是不好好努力，下次第一名就得让给人家了……”

妈妈在厨房里炒菜的时候，还不忘对着坐在客厅看电视的叶宸叨叨上半天。

“妈，你能不能别再说了，让我安安静静看会儿电视不行吗？”叶宸有些不耐烦，语气有些冲，他实在受不了每天都这样。

“看什么电视，你不知道你都高三了吗？这样下去怎么能考得上大学？”妈妈拿着锅铲出了厨房挡在了电视前面。

“把电视关了，学习去！”

“……”

叶宸想说什么，却发现自己张开口不知道该说什么。他默默放下了遥控器，然后回了房间。

虽然是放假，然而高三重点班的教室，从来都没关闭过，每天都有人去上自习。叶宸每天早上都会被妈妈叫醒，然后被迫去学校上自习。

只是，叶宸越来越不知道学习到底是为了什么。

叶宸的脾气越来越烦躁。他开始迷茫，开始不知所措。

他的书桌上渐渐地不全是课本，还有从校门口报刊亭里买的各种各样花花绿绿的杂志。妈妈让他来上自习的时候，他便在教室里看杂志，或者是玩游戏。

叶宸对同桌苏晓晓不是特别熟悉，只是听说她来自农村，穿得也土里土气，她的成绩不怎么高，但是他总能看到她埋头书海奋笔疾书。

她一直很安静，偶尔问上他几道题，他爱理不理的，高兴的时候给她讲讲，不高兴了，他根本不会搭理她。

那一天，天有些阴沉。教室里上自习的人不是很多。叶宸想到妈妈早上又是把他跟顾铭比较了半天，心底莫名的烦躁，于是拿出手机玩游戏。

或许是他的动静打扰到苏晓晓了，她轻轻碰了碰他的胳膊，压着声音劝他："哎，别玩游戏了，都高三了！"

叶宸没有理她，继续玩游戏。

"叶宸，怎么你最近老是玩游戏，别以为你考了全年级第一就很了不起，就可以不用再学习了……"

"啪"的一声，叶宸把手里的手机摔在了课桌上，"把你的嘴闭上！"

"你怎么这么没有礼貌，我提醒你也是为你好，都要升高三了！"苏晓晓还是不愿意放弃。

"你有什么资格说我？就算我不学，也比你这么笨的人考得高！别再烦我了！"

苏晓晓的眼眶有些发红，瞪了叶宸几眼后，没有说话，放下笔跑出了教室。

教室里看热闹的人都回过神，纷纷埋头写着自己的作业。

叶宸坐在座位上，看着外面越来越暗的天，心底有些过意不去。

两个小时之后，天越发阴沉了，这是下暴雨的征兆。他坐不住了，绕了学校一大圈，终于在学校后花园一个小角落找到了苏晓晓，她一个人蹲在地上，轻轻地啜泣。

“你在这里干什么？快点回去吧，一会儿要下暴雨了！喂！跟你说话呢！”

苏晓晓突然站起身，有些激动。

“叶宸，我是没有资格管你，你很优秀，有一个大家都羡慕的妈妈，她是老师，可以给你提供更好的教育，可是，我呢？你知道我费了多大的劲儿才考进这所重点中学吗？小时候，我每天放学后去大街上捡别人丢在垃圾桶里的塑料瓶，攒多了我就卖上几块钱，十几块钱，然后才能去书店买我想要的书……我不像你，我基础不好，也不聪明，也没人给我指导，你不知道我有多羡慕你！”

苏晓晓双眼通红，泪水一次次地从眼眶里滚落。

这样的苏晓晓，叶宸第一次见到，他从来不知道，原来她的童年是这样的。看着她，他觉得自己该说些什么。

“对不起……”

天，越来越沉了，大雨即将倾盆而下。

坐在古亭里，叶宸开口，有一丝自嘲，一份无奈。

“苏晓晓，你知道吗？其实，我真的不明白到底什么才算优秀，妈妈总是说第二的成绩离我特别近，我只要稍微不努力就会被超过。可是无论我怎么学习、怎么优秀，她从来不会满意。我一次次地为了让她满意拼命学习。可是，就算我努力学习，又能怎么样呢？得到老师的表扬，同学的羡慕？可是我要的从来就不是这些！苏晓晓，我是真的失去了方向，我不知道我到底该做些什么！”

苏晓晓没有说话，一直在倾听。然后，她抬头看着他的眼睛。

“叶宸，你只是迷失在自己为自己限定的框里一直走不出来。学习到底是为了些什么，仅仅是为了得到父母的赞美吗？难道你就不会抛开所有的束缚，好好地认识自己吗？你到底是为了什么学习？为什么不跟你的妈妈好好地沟通一次，她是一个很慈祥的老师，也会是一个通情达理的母亲，你从来不去跟她交流，只是一次次地抱怨，为什么她不满足？叶宸，你根本没有资格迷失！”

大雨，终于倾盆而下。

叶宸跑出了古亭，站在雨里，任豆大的雨点打在他的身上，很快他就全身湿透了。但他一点都不觉得冷。因为，他需要一场雨让自己清醒。

后来，叶宸跟妈妈仔细沟通了，他的心豁然开朗。

他跟苏晓晓，成了无话不谈的好朋友。

他想，或许苏晓晓便是他青春里的那个温暖岁月的人。

青春，于他，不再迷失。

青春，于我们，也不再迷失。

PART 2

午后

落叶，或者繁花

我们为了未来那个更好的自己，改变着现在的自己。

却也在怀念，过去的自己。

一株草的幸福

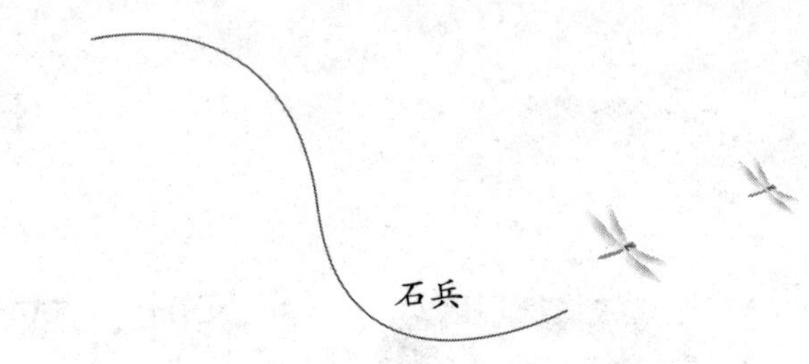

石兵

从小就有人在他耳边不停地说，长大后要做一棵参天大树，华盖葱茏，浓郁苍劲，只有这样，才会被众人仰视、赞美。起初，他圆睁着懵懂的眼睛，不知该如何作答，后来，他开始下意识地点头认可，最后，成为一棵参天大树便成了他潜意识中的一个目标。

为了这个目标，他放弃了与同龄人一起游戏的快乐无忧，放弃了在母亲怀中撒娇邀宠的肆意妄为，放弃了许许多多五颜六色的梦，他的世界里只剩下了一样事物，那是一株高不可攀并且遥不可及的巨树，闪烁着令人惊悸的光芒，他一刻不停地向巨树奔跑着，在奔跑的过程中，有一个声音在不停地对他说，只要一直努力，你就一定会长成一棵这样的巨树。

四岁时，他已经认识了上千个汉字，能背诵上百首唐诗；七岁时，他破格升入初中，和一群比他高两个头的同学一起坐在明亮的教室里读书学习；十一岁，他成为县城最小的重点高中学生，光环与赞美一直在他身边围绕着，人们不约而同地笃定，这个瘦小沉默的孩子一定会成为这个小县城里最有出息的人。

进入高中后，他第一次远离了父母，久违的有些陌生的自由让他变得有些无所适从，每天他要自己去打饭，要自己洗衣服，要自己安排每天的学习计划。这时，他才沮丧地发现，原来自己根本没有什么高人一等的地方，甚至比别人要差了许多，虽然同学们都在帮助他，但他们看自己的目光总是有些怪怪的，让人很不舒服。

他第一次发现了自己的与众不同，并开始思考一个问题：为什么自己一定要去做一棵参天大树呢？大树真的快乐吗？

这个问题让他变得更加沉默，为了寻求答案，他经常忘记去食堂吃饭，并开始失眠，变得无精打采，学习成绩一落千丈，身体也出现了问题，终于在升入高中的第二年办了休学。

这时，他终于发现了一个令自己心惊胆战的秘密，原来，自己只是一粒再普通不过的草种，并不比别人聪明，所谓的成绩其实是用快乐与自由换取而来的，现在，自己虽然仍在努力生长，梦中那株参天巨树却似乎正在一刻不停地远去，但是，自己对这棵树竟然没有了一丝留恋之情，甚至还有了一种莫名的快意。

休学之后，是漫长的治疗与调整，从恐惧、彷徨到平静面对，他用了整整三年时间，再次回到学校，他发现，自己身边有了一群同龄人，自己再也不是孤独的一个人，虽然成绩并不算顶尖，但他的脸上却慢慢洋溢起了笑容。

高中毕业，他勉强考取了一所大专院校，此时，父母对他的期望早已从成为一棵参天大树变成了做一株自食其力的小草。但奇怪的是，褪去了光环的他却变得快乐起来，每天都会在篮球场上驰骋，还参加了学校的文学社，最重要的是，他还交上了一大群朋友，朋友们都很喜欢这个眼睛灵动、快乐开朗的同学。

他终于明白，如果成为一棵众人仰视的树要付出透支生命与快乐的代价，那么，做一株真实的小草其实才是最幸福的。

你也可以做一只改变世界的“蝴蝶”

侯拥华

2008年1月8日，武汉市冰天雪地、天寒地冻。712路公交车中途几次停留，行至武昌徐东站时，车厢内已经变得拥挤不堪。这时，上车的乘客中，一位头发花白的老人吃力地挤上车，跟着人流往车里走。车厢里的座位早已坐满，没有座位的乘客便站在过道上。

“爷爷，这里坐！”

一个中学生模样的女孩子起身给老人让出了自己的座位。一路上，老人感动不已，临下车时，他找女孩子要了她的联系方式，并告诉她他姓聂。女孩子只是笑笑，在她看来这是自己应该做的，让座是再平常不过的事了，她就没把这件事放在心上。

1月22日，班主任张老师将一封信和500元钱交到女孩子的手中。女孩子莫名其妙地拆开信读：“是你的让座，一声亲切的‘爷爷’，让我感动至今……”信中，姓聂的老人承诺，每月资助她660元，直到大学毕业。这封信，把女孩子惊呆了。从小爱看童话故事的她怎么也没想到，美丽的童话有一天会真的发生在自己身上。

这个童话故事中的女主角叫欧阳晨晨，是武汉市东湖中学高一年级的学生。那天下午放学，她坐712路公交车去姨妈家取东西，无意识地做了一件好事——让座，没曾想创造了一个关于爱的奇迹：她给老人让了一次座，而老人却要资助她上7年学。给自己让座的那天晚上，66岁的退休工程师聂爷爷难抑自己激动的心情，拨通了欧阳晨晨家里的电话，向其家长表示感谢。次日早上，他又赶到东湖中学，找到欧阳晨晨的班主任了解情况，当他得知来自低保家庭的欧阳晨晨成绩优异时，聂老动心了，立刻决定资助这个爱心女孩——从欧阳晨晨读高一至上大学的这7年，他将每月资助660元钱，直到她大学毕业找到工作为止。

这个故事到此似乎应该结束了——爱的付出得到了爱的回报。但谁也想不到，很快，这件爱心故事刮起了飓风，引发了全城的爱心接力。

很快，当地媒体报道了这个爱心故事，“晨晨让座”意外得到好心人资助的事情很快在武汉市传开了。武汉市武昌区教育局号召全区中小学生加入到向欧阳晨晨学习的队伍中来，并倡议以“晨晨让座”事件为契机，在武汉市设立“公交让座日”，号召大家一起为武汉市的精神文明建设做出自己的贡献。“晨晨让座”在广大市民中也引发了强烈反响，许多市民都表达了对这种文明行为和爱心接力的认同，纷纷提议设立武汉市“公交让座日”。

2008年5月，武汉市公共交通集团公司将1路公交车命名为“晨晨爱心线”，请欧阳晨晨作为该线路的爱心大使，希望“晨晨爱心线”上的乘客都能像欧阳晨晨一样，将文明之风传递下去。

2009年4月22日，武汉市正式设立“公交让座日”，近千名志愿者走上街头，发出“让出一个座位，献出一份爱心，温暖整个车厢”的倡议，引导市民文明乘车，爱心让座。

2010年9月，中央电视台做了一期关于公交车上该不该让座，又该怎样引导人们积极主动让座的专题节目，引发了关于让座的一场大讨论。对于如何让座问题，有人建议制定相应的法律，规范人们的行为，有人建议建立相应的奖励机制鼓励让座行为……但这些提议不是因为将“道德问题法制化”就是因为难以操作，被专家一一否定了。后来，一位社会学家的话，引发了人们的一致认同和深思：从自己做起，影响别人，改变世界。“蝴蝶效应”告诉我们，只要改变自己，就可能改变世界，欧阳晨晨的故事不正说明了这一点吗？

所以，别期待别人，别期待社会，你也可以做一只改变世界的“蝴蝶”。

黑暗中的花香

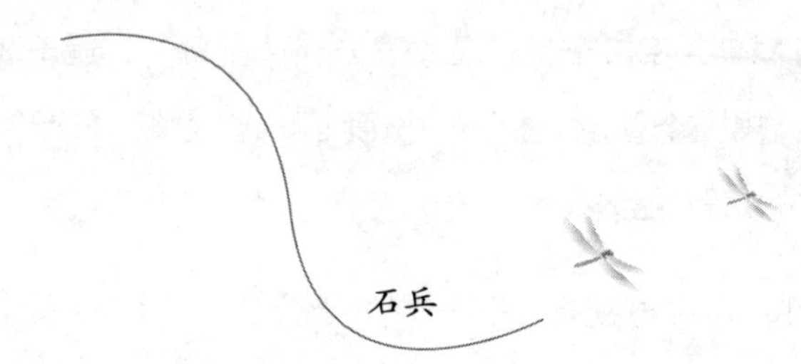

他在五岁那年失明，世界变得混沌而黑暗，起初，他并不知道究竟发生了什么事，不停地问母亲，为什么那天睡醒之后，就总是黑夜呢，为什么不打开灯？

等了许久，母亲才告诉他，他的头顶有一块可恶的乌云，它挡住了太阳公公和所有的灯光，不过不用害怕，虽然不能见到光明，但是乌云挡不住太阳散发出的温暖，只要用心感受，就会感到世界还是暖烘烘的。

他听得似懂非懂，却突然雀跃了起来，妈妈没有骗我，天上真的有乌云呢，刚才有雨落在我手背上了。

回答他的，是母亲温暖的怀抱，只是，母亲的身体却微微颤抖着。紧接着，有更多的雨落在他的手背上、脸颊上、头发上，那雨水咸咸的、涩涩的，那是母亲的眼泪。

父母减少了带他外出的次数，每天感受着无边的黑暗与细微的温暖，少年心性的他渐渐相信了母亲的说法，或许从此在这个世界上，太阳再也不会穿过乌云的包围了，但是，只要有温暖，心就不会冷的。

在黑暗中，他的听觉变得异常灵敏，甚至能听到一朵花开放的声音。有一天，他听到角落中传来细微的“噼叭”声，于是摸着墙壁走到了角落，他伸出手轻轻触摸过去，发现那儿有一盆植物，一股温润的香气随着他的触摸在空气中弥漫开来，那是一种淡淡的无可名状的味道，像是光明的味道。

母亲告诉他，那是一盆雏菊。从此后，他爱上了这盆菊花，在他的卧室中，这似乎是唯一有生机的事物，触摸它的枝叶，会感到凉润沁心，聆听花开，则会在心中打开一扇门，恍惚中，会有一束光注入他黑色的脑海。

一切都在平静中行进着，黑暗的世界没有喧闹，时光流逝也静寂无声，他渐渐顺从了黑暗，没有了最初的恐惧，反而变得有些依恋起来。

不知过了多久，有一天，父母突然一同来到他的卧室，不知为何，他有些惊慌，感觉告诉他，今天一定有事发生。果然，父母告诉他，他要上学了，那个学校很好，虽然仍然黑暗，但却充满了花香。

当他随着父母跌跌撞撞走出家门，听到大街上车水马龙的声音时，他的身体变得僵直起来，他感到强烈的阳光照射在自己身上，那温暖有些燥热，令他平静的心剧烈地跳动起来。

他进入了一所盲人学校，果然如父母所说，这儿充满了淡淡的花香味道，在穿过一段坑洼不平的林荫道时，他能感受到阳光忽明忽暗，忽而燥热忽而凉爽，他连忙紧紧握住父母的手，害怕自己会迷失方向。

那一天，他不知走了多少路，但说来奇怪，他竟然一点也没觉得累。后来，他来到了一个陌生的房间，然后，他听到了一个温柔的声音在叫他的名字，你好，请坐下吧。

他坐了下来，父母不知何时松开了手，他无所适从地四处摸索着，突然摸到了一个四四方方的桌子。这时，他嗅到了一股熟悉的花香，循着花香探去，果然，家中角落里那盆菊被放在了桌子的一角，在熟悉的花香环绕下，他的心渐渐平静了下来。然后，他听到四周传来了他分外熟悉的声音，那是一种呼吸的声音，只有身处黑暗之中的人才会那样呼吸，细微、悠长、平静、舒缓，带着一股睡梦般的味道。

那是一所盲人学校，在这里，他遇到了很多与他一样身处黑暗的年轻人，他学会了许多黑暗中的生存方法，他学会了打开水、洗衣服，可以沿着扶手走很长的路，可以在学校各处的大石头上找到路标走向目的地，他还学会了盲文，可以用修长的手指阅读书籍，他甚至可以在操场跑道上与人赛跑，在那个泛着青草香味的操场上，跑道的一边装了两条钢索，钢索上套了几个金属的套筒，赛跑时，他用一只手抓着套筒，就可以沿着直线全速奔跑，不会撞到其他人。

他逐渐长大了，有了很多朋友，学会了很多东西，渐渐地，他觉得黑色不再是单调而封闭的，相反，黑色是深邃而包容的，似乎包容着其他所有的色彩。他热爱上了生活，感受到了生活的温暖与另一种源自灵魂深处的光明。

在盲校里，每天的课程很多，但他每天都会雷打不动地侍候桌上的菊花，老师告诉他，这种菊花叫作墨菊，虽然朴实无华，却端庄稳重，在花的世界里，墨菊惬意舒缓、洒脱娴静、隽永鲜活、醇厚如酒，将其融汇到心境中，会凝聚起一份自然天成，飘逸出一份清绝品格。

他听得悠然神往，心中暗暗下了决心，自己也要做一朵墨菊，在黑暗中散发出淡淡的花香，把平凡的生命沉淀成一杯醇香的酒。

走回自己的城市

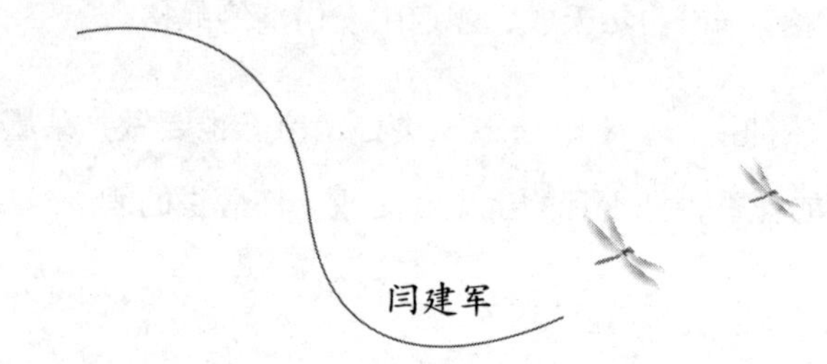

闫建军

从小我就在这座城市，我喜欢这座城市，走在城市的街道，咀嚼城市的味道，感到亲切。科尔顿说：你要想出名而不愿了解世界，就居住在乡村；你要想了解世界而不为人知，那就居住在城市。

当然，住在这里，并不是不为人知或为了要了解世界，自己居住的城市还没了解和熟悉好，干吗去了解世界？真的了解了世界，自己的城市也许就疏远和陌生了。

其实，这座城市，对我来说再熟悉不过了，我在这里学会走步，从小学走进中学，从中学又走进大学。从来没有离开这座城市，可以说，大街小巷也几乎走遍了。熟悉的街道和楼房，还有那新建的柏油路和天桥，那川流不息的大巴和五颜六色的出租车，一切一切就像置身在万花筒中，千姿百态、色彩斑斓。随着逐渐长大和阅历进深，有时，这座城市又会让我难以辨别方向和街道，这座美丽的城市有时一下又会那么不尽如人意和丑陋了，过去曾经熟悉的身影和景物，蓦然在心里越来越陌生了。

也许，我的心远离了这座城市或一时走错了位置、看花了眼，才渐渐感到疏生了吧。

于是，我想再回到过去的印象当中，融入那种惬意无虑的生活环境中去，可我任凭如何努力，却怎么也回不去了。我就只能每天都会很认真地重走这座城市，细细品尝这座城市的每一条大街小巷和来来往往的人群，看它还是不是我心目中那座城市、那群熟悉的身影和邻居了。

正午，在街口，一只流浪猫，蹲在路边不停地叫着，旁边一位修自行车的老爷子，刚刚修好一辆车子，端起饭盒正要吃饭，听见了猫叫，便停下来，端着饭盒，一瘸一拐地走过去，把唯一的一块小炸鱼送给了饥肠辘辘的流浪猫……这回我看得真切，心里热热的，这样的情景虽然久远了些，但在我的眼前常常浮现。我又想起那次在过街口，一辆摩托车飞快地从川流不息的车流缝隙中窜出来，直奔正在过斑马线的一位老人而去，路人吓呆了，甚至惊叫着用手捂住了眼睛，只有一位年轻的女学生飞奔过去，一把推开老人，自己倒在了斑马线上……

瞬间的场景，会泛起久远的记忆，让你重新走回熟悉的城市，体味久违的温暖。是的，城市本来就是我们自己的，有谁不是从自己的城市里走出去的？我一下想到了爱默生的名言："一个文明的真正考验不在于人口的多寡，也不在于城市的大小，更不是粮食的产量——这一切都不是，而是这个国家所培育出来的人才。"人才是什么？从广义来说，包括人的文化和修养，更包括人的文明程度。人不仅仅要有文化造诣，更主要的是要有良好的思想品行、道德规范。品行高于一切，高尚的品行，受到人的推崇和赞扬，能震撼这座城市，感动这座城市，给城市增辉。城市需要品行优良的人，在城市里，人人都献出一点爱，我们的城市就会变得更美好。

也是走在城市里，一位老乞丐拄着双拐，向路人叩头乞讨，头下一张纸上写道：本人无儿无女，双腿残疾不能行走，请各位行行好……这样的乞丐在商店门口、车站码头和繁闹街头都会看到。识相的会辨出真伪，不屑一顾，但更多的人会被感动，纷纷慷慨解囊，大献爱心。只见一位穿着极朴素的大善人，很慷慨地给乞丐一沓钱。可场景却发生了戏剧性的变化，两个半大小子立即奔过来，抢去老乞丐手中的一沓钱就跑。于是，老乞丐忽然甩开双拐，奋起直追……

在城市里，有时会感慨万千、热泪盈眶；有时会义愤填膺、深恶痛绝。善良有时会被欺骗，欺骗有时又会被认为是善良。

在城市里，品味城市的滋味，不仅仅咀嚼和品味城市的风景，更要咀嚼和品味这座城市里的人。简约雅致、古朴清幽的建筑色彩和星罗棋布、千姿百态的园林景观，这是城市的构造，城市的品位是文明的程度和城市人之间的和谐与道德共建的，没有文明和道德，就没有城市的和谐，更体验不到城市的品位。上海世博会有这样的口号：“城市，让生活更美好”！

所有生活在城市里的人都希望生活美好、愉快。热爱城市，并不等于热爱这里的人；热爱这里的人，也并不是厌恶这座城市。恩格斯说过：“每一时代的思维都是一种历史的产物，在不同的时代具有非常不同的形式，并因而具有非常不同的内容。”所以，城市在发展，氛围在随着城市的提高在改变。好的城市需要弘扬的场景与动人的细节相辉映，浓厚的氛围与绚丽的景致相交汇，自然营造出内容与形式和谐的效果，带给我们一种视觉和心灵上的美感，给我们无限陶醉和愉悦的生活和精神的空间。

其实，不论你走在哪里，作为一座城市里的人，特别是在一座古城和名城，不论你是公务员还是知识分子或学校的学生，都应该值得骄傲，骄傲的是能在无比优越的环境中出生和学习，在还没有行为能力或学生时代，就享受到了城市的温暖和幸福。倘若长大后，不珍重自己，不呵护这座城市，就有愧于这座美丽的城市。欧里庇得斯说得好：“出生在一座著名的城市里，这是一个人幸福的首要的条件。”是的，我想说的是，把握住我们的城市，就是把握了自己的幸福。

走回自己的城市，漫步在石头街上，细细品味，你身处城市的美好吧。

诚实的果实

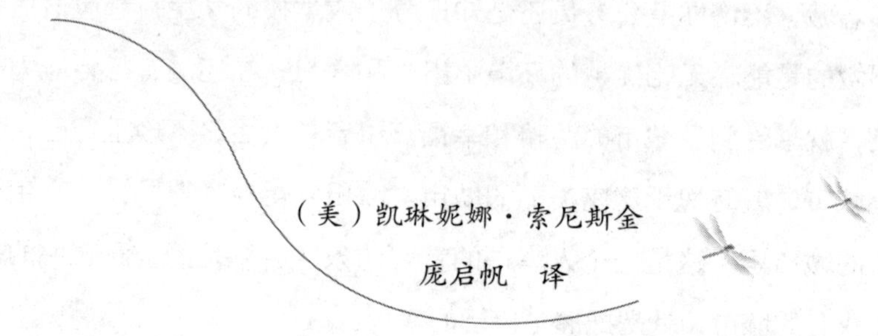

（美）凯琳妮娜·索尼斯金

庞启帆　译

赛尔贝尼在黎巴嫩经营木材生意。偶然的一次机会，他与一个来自塞浦路斯的建筑商成了朋友。这个建筑商叫乔治，拥有一家很大的建筑公司，已经在海湾地区的几个国家做了不少项目。虽然乔治的建筑公司需要大量木材，但那时赛尔贝尼没有跟乔治有任何的业务来往，他们只是朋友而已。

塞浦路斯战争爆发时，赛尔贝尼接到了一个意外的电话。乔治为了躲避战乱，已经逃到了黎巴嫩，他急需成立一个办事处，并与当地建筑材料供应商取得联系，以继续供货给他在海湾地区的客户，希望能得到赛尔贝尼的帮助。赛尔贝尼答应了他的求助。

约三个月的时间，赛尔贝尼每天都花几个小时与乔治公司派来的一个年轻男子四处奔走，介绍可以供应乔治所需货物的人给他认识。

那些供应商在跟赛尔贝尼交谈时都是说阿拉伯语，他们有时候向赛尔贝尼承诺，如果他确保他们能得到乔治的合同，他们就给他数额巨大的回扣，还会在以后的生意上特别照顾他。每次，赛尔贝尼都拒绝了他们的“好意”，他告诉他们，他只是想要他们给乔治最佳的价钱。不久，他就收到了乔治真诚的感谢。

塞浦路斯内战结束后，乔治重返家园，继续他在那里的生意。

第二年，黎巴嫩爆发战争，赛尔贝尼被迫逃往塞浦路斯。

为了保存他的摇摇欲坠的公司，赛尔贝尼去拜访乔治，请求乔治给他一些订单。因为赛尔贝尼所代理的木材类型正是乔治的建筑公司所使用的，乔治给了赛尔贝尼一个非常大的订单，并请他仔细考虑，第二天再来给他一个最佳的价格。

赛尔贝尼经商以来从未接过如此大的订单，他乐坏了。回到落脚点后，他做了周密的计算，得出了一个他认为合理的价格。第二天，他把价格告诉了乔治。

乔治却说他的价格太高了，要求他重新考虑。

在他走出乔治的公司时，赛尔贝尼被乔治的助理经理尼科斯拦住了去路。尼科斯也是他的朋友。当尼科斯听了赛尔贝尼复述乔治的话后，对赛尔贝尼说：无论怎样，你都不要降价。保持这个价格。乔治最终会跟你签合同的。

赛尔贝尼有些拿不定主意了。也许尼科斯的亲戚也在从事木材生意，他想把赛尔贝尼踢出竞争的圈子，这样他的亲戚就能得到合同。但在又一次仔细计算他的价格后，赛尔贝尼发现他实在无法低于这个价格供货给乔治。这是他第一次拿出一个非常公平的价格。

第二天，赛尔贝尼再次来到乔治的办公室。他向乔治解释，他已经重新考虑过他的建议，但在再三核算之后，他真的无法再降低价格了。乔治一笑，马上与赛尔贝尼签了合同。

在跟乔治完成所有的业务细节后，赛尔贝尼再次去拜访尼科斯。“你为什么这么肯定乔治会按原来的价格跟我做交易？”他问。

“你还记得你在黎巴嫩帮乔治建立业务时，你带在身边的那个年轻人吗？”尼科斯问。赛尔贝尼点点头。

尼科斯继续说：“你不知道，那个年轻人曾在海湾地区的一个国家工作过好几年，他懂得阿拉伯语。你每次拒绝供应商的回扣时说的那些话，他都听得明明白白。他把一切都告诉了乔治。所以你看，无论你跟乔治开出任何的价格，他都会跟你签合同。他非常感激你的诚实，以及在他需要时你给他的无私的帮助。”

赛尔贝尼怔住了。他想不到那个年轻人会说阿拉伯语，因为他从未显露过任何迹象，并且每一次跟供应商见面，他都是让赛尔贝尼跟他们沟通。赛尔贝尼庆幸自己当时没有作出任何台面下的交易。因为自己的诚实，现在在他最需要的时候，他得到了回报。

黎巴嫩的战争持续了很多年，但赛尔贝尼的订单一直没断过。这些订单都是来自乔治的公司。

世间的每一件事情都是因果循环的。你在某一天种下了一粒诚实的种子，就会在某一天收获丰硕的果实。

沙漠滑雪

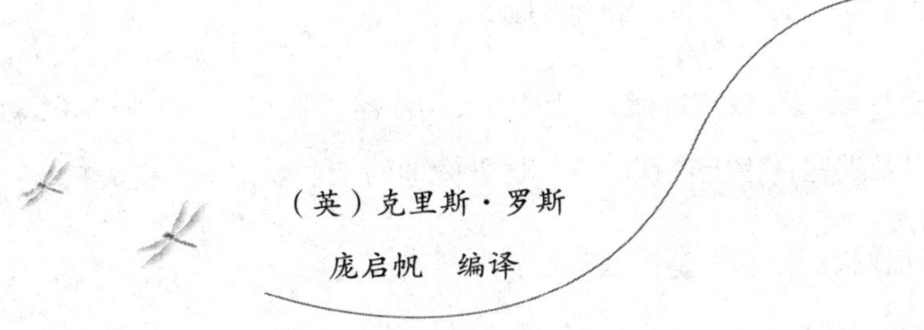

（英）克里斯·罗斯

庞启帆　编译

阿菲尔第一次看见雪的时候，年龄还很小，但他看到的并不是真的雪。因为他生活的地方根本没有雪。他看见的雪是在一本画册上，上面有很多孩子们正在一个宽阔的白色场地上玩耍。

他问母亲："那些白色的东西是什么？"

"是雪，孩子。"他的母亲笑着说道。她努力向他解释雪是什么，但阿菲尔并不能完全明白。有时候，他生活的地方也下雨，但不是很大，所以对他来说，要明白母亲所说的那种寒冷的、结冰的"雨"是很困难的。但"雪"这个字，已经在他的大脑烙下了印迹。阿菲尔虽然从未见过雪，但他已经深深爱上了雪。

2010年，阿菲尔12岁了。一天，他在叔叔家看电视。阿菲尔正在收看一个卫星频道，这个节目的场景里到处都是雪。而且，还有人在雪上飞跃。他们看起来就像古怪的鸟儿，阿菲尔想。他们的头用帽子裹得严严实实的，眼睛也用一副大风镜保护着。他们的衣服很亮丽，他们的脚上却穿着一副奇怪的玩意儿，像鞋又不像。

“那些是什么？”他兴奋地问叔叔。

“滑雪板。”叔叔答道，“那些人叫作滑雪运动员。”阿菲尔深深迷上了雪以及那些在雪上飞跃的人。这就像他的一个梦，多么完美！

他问叔叔：“这个是什么节目？”

“2010年冬季奥运会。”叔叔说道，“它就像我们通常所说的奥运会，但冬奥会的举办地点要有雪，很多比赛项目都与雪有关。”

叔叔还告诉阿菲尔，下一届冬季奥运会将在2014年举行，举办地点在俄罗斯的索契市。

“太好了。”阿菲尔想，“对我来说，成为一名优秀的滑雪运动员，时间足够了。然后我就去参加冬季奥运会，赢取滑雪金牌。”

“但我们是在非洲，我们这儿没有雪。”周围的人对他说，“你去哪儿滑雪？”

阿菲尔并不理会人们所说的。他用两块木板制了一副“滑雪板”，然后把“滑雪板”绑在脚上，手上抓着两根木棍，开始在沙地上练习滑雪。起初，他根本滑不动，但他咬紧牙关不断地练习，一周后，他终于能在沙地上滑动。他也想象电视上的那些人一样，向山下飞去，但他做不到，他经常被摔得鼻青脸肿。

“不要放弃！”他鼓励自己。

“你怎样去参加奥运会？”人们说，“你不如改学田径项目，我们国家的运动员非常擅长田径运动，每一届奥运会都能赢得金牌，但滑雪比赛，从没有人参加过。”

阿菲尔并不理会他们所说的。他知道，几年前牙买加已经派了一支雪车队去参加冬季奥运会。

“如果牙买加有雪车队。”他想，“那么我们国家就能有滑雪运动员。”

所以，每天晚上，在沙漠上，人们都能看到阿菲尔练习“滑雪”的身影——他把漫漫黄沙幻想成在电视上看到的皑皑白雪。

长不过执念，短不过善变

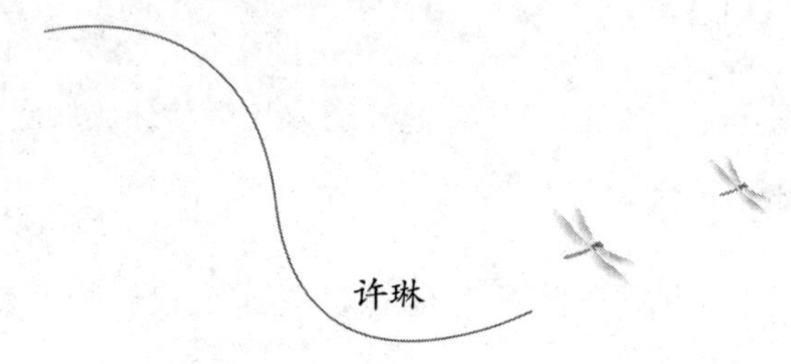

第一次知道外婆的名字叫任雪妹，是在她的遗体告别仪式上。那天大雨滂沱，眼角挂着的是雨水还是泪水，已经没有人说得清楚，告别仪式上红帽子站了一整排，八十多岁的外婆也算得上子孙满堂。亲历了转葬全过程，那是二十多年来第一次如此不舍地凝视那张不复精致清晰却淡然安详的脸。她就这样离开了我们共同拥有的世界。永远的静寂和沉默，是死亡最残酷之所在。

如今再也想不起来和外婆讲的最后一句话是什么，或许没有人能想起来。只记得在很长的一段日子里，每次回去探望，她再也叫不出我的名字，只是两眼直愣愣地盯着看，仿佛在记忆中极力搜索这一影像而最终不得。临终前一周，她连睁眼的力气都不再有，呼吸也越来越艰难，她锁着愁眉，喉咙好似被千钧巨石锤住的样子。那一口气，似乎只吐得出来却难以吸进去，我只能惶恐地靠她胸口轻微的起伏来判断她还活着。眼前那个枯瘦如柴的身体，愈发加剧了我对衰老和死亡的恐惧。外婆神采奕奕地给我讲日本鬼子进村的故事，每次的版本都一样，表情也同样狰狞。她在苦难中活了下来，然而生命最终还是走向沉寂，越得过世事坎坷，越不过黄泉奈何。最让人遗憾的是，外婆的生命直到最后，都没有给我们一个告别的机会。“即使人生要学会不断放下，最令人难过的还是没有好好告别。”

最近感情受挫的朋友不在少数，不管是几个月澎湃的热恋还是四五年来稳定的感情，一度以为的天长地久，都在某个不经意的瞬间戛然而止，不曾有任何征兆。真是长不过执念，短不过善变。“生老病死，怨憎会，爱别离，求不得”，想想这些佛教中所说的人生之苦，再想想那些再看不见明天太阳的人，这世间大事，除了生死，哪一桩不是闲事?

墨脱通公路了，这条中国公路网上最后一条公路，执念于征服大自然的人类终于将天堑变成了通途。20世纪60到90年代，人类就四次对墨脱公路进行了探索，二百多名公路建设者的生命长眠于此。几十年后的今天，徒步旅行者们曾经用双脚步步丈量的莲花秘境，终成世俗之地。没有了身体在地狱，眼睛在天堂的历练，大自然所带来的毁灭又会在哪一个瞬间。

最后，用秋微在《莫失莫忘》里的一句话来结尾吧：对生命而言，接纳才是最好的温柔，不论是接纳一个人的出现，还是接纳一个人的从此不见。

小草赞

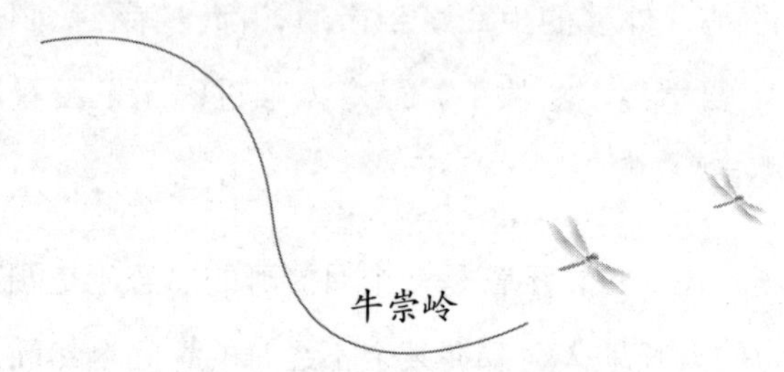

牛崇岭

“没有花香，没有树高，我是一棵无人知道的小草，从不寂寞，从不烦恼，你看我的伙伴遍及天涯海角……”

每当我听到这首熟悉的歌曲，就会为小草那坚忍不拔的精神所感动。

小草是春的使者，第一个把春的消息告诉人们，当春色满园时，小草却悄悄地躲在百花丛下，没有人留意它的存在。有人喜欢牡丹的富丽堂皇，水仙的幽香典雅，有人喜欢玫瑰的热情奔放，荷花的清高美丽，也有人喜欢康乃馨的暖暖亲情，百合花的团圆喜庆。只有小草无人问津，它不如花香怡人，不如松柏常青，无条件选择自己生长的土地，一粒籽，随着风，随着雨，到处漂泊，扎根在任何地方，一生默默无闻地生活在人们的脚下，任脚踩车轧，污迹斑斑，伤痕累累，得到的是花儿树木遗漏的点滴空间，却挺拔向上，深情地亲吻着大地。

春暖还凉时，娇贵的花儿还在温室里“春眠”，小草已在墙角、路边破土而出。人们都说小草是弱者的象征，一滴露珠就可以把它的腰压弯，你可留意过那些曾被人们践踏过的小草，尽管被折磨地奄奄一息，哪怕断肢残臂，脸上的泥土还没有退去，就挣扎着慢慢地抬起头，艰难地伸展腰肢，坚强地向上攀登着稚嫩的身姿。

生命力最旺盛的植物只有小草，离开水还能活得滋滋润润的也只有小草，给它源源不断注入生机的不是阳光，不是雨露，而是求生的一种本能和顽强的精神，带着原始的活力为万物制造着快乐。小草不论土地的肥沃或贫瘠，也不需要肥料的养育，只要扎下根，注定为大地铺上新绿，即使秋风吹黄了绿衣，枯萎了身躯，也要用自己风化了的尘土作为后代的肥料，营养着大地，真是鞠躬尽瘁，死而后已。

古诗云："疾风知劲草。"它体现了小草的顽强精神。"离离原上草，一岁一枯荣，野火烧不尽，春风吹又生。"念着这耳熟能详的唐诗，眼前又浮现出了娇羞却永不向暴风雨低头的小草。诗人白居易用他优美的诗句赞美了小草的坚强品格和不屈不挠的精神。小草虽然微小，但有着坚强的性格和蓬勃向上的精神，小草的一生，绿化着大地，默默地装点着人们的生活。小草就是平民百姓，生活在社会的最底层，冬天冒着寒风，夏天顶着烈日，为了生存在恶劣的环境中，寻找自己生活的空间，风吹雨打之后，在不为人知的角落，依然挺拔站稳了脚跟。

人们在闻花香观树高的时候，谁会想到脚下踩着的其貌不扬的小草。小草衬托着花儿的美丽，却从不与花儿争俏。小草这种与世无争、默默奉献、不屈不挠、顽强拼搏的精神，不正是我们每个人要学习的吗？

珍爱这孤寂的时光

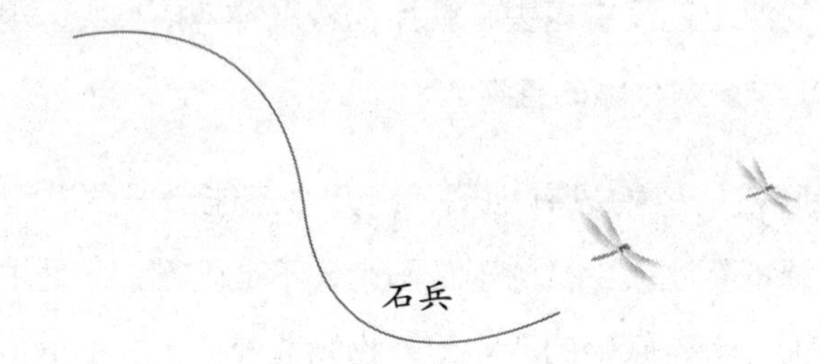

时光具有种子的属性，它根系潮黄，叶润光泽，躯干斑驳，果实浆满，伴随着成长的时缓时急，它的心绪也会变得或荣或枯，深藏体内的年轮记录着或圆或缺的心事，暗流汹涌的树脉经营着明暗不一的人生，它有着与人一样的性情与聪慧。

在每株人生之树面前，总有这样一段孤寂的时光，它氤氲光阴，静若处子，与缥缈的时光不同，它是有重量的事物，会在每个人心头压上一道阴影，用丝丝沁人的凉意让心灵的律动变得韵味十足，它会将躯干的生长速度放缓，将光阴锁入思想的牢笼，酵解琐事，析现精华。

任何有意义的倾诉都必将是孤寂的，因为孤寂，才能让心灵进入灵魂，因为时光流淌，才能让孤寂被赋予更为深远的意义。在光与影的变换中，无数人的正面与背影交织，那些看得见的、看不见的，事实上都一直存在着，生发着，结绳记事，缩结数典，所有孤寂都会在幻灭的假相中迸发出生命的原力，低眉垂目，开一朵向阳花，颓唐气沮，唱一首无字歌，孤寂背后，原来是光。

1947年5月，上海的一座寓所内，27岁的张爱玲写下了人生中最为重要的一段文字，彼时，窗外炮火纷飞，室内烛光灰暗，一生惧怕孤寂的张爱玲在这一刻接受了命运的安排，从此藏身孤寂，萎谢尘世。

一个月后，远在浙江的胡兰成收到了张爱玲的诀别信，信中写道：我已经不喜欢你了，你是早已经不喜欢我的了。这次的决心，是我经过一年半长时间考虑的。彼唯时以小吉故，不欲增加你的困难。你不要来寻我，即或写信来，我亦是不看的了。

书写下这段文字时，张爱玲是否垂泪心伤已不得而知，但彼时时光的孤寂与绝望却已透过文字传递到了每个人心中。

旷世绝恋敌不过孤寂时光，即便才华如锦，在光阴淘洗中终会化作枯灰朽尘。爱情离去之后，张爱玲文采尽失，再也写不出《倾城之恋》这般流传人世的作品。但是，总有些事物会被留存下来，事实上，也正是到了此刻，张氏文字里那些旖旎中暗藏的深刻，细腻处积淀的沉重才被真实地展现出来，与文字的有形无力相比，尘世中的孤寂与疼痛才是将人生这部大作推向极至的最终力量。

相似的孤寂总在人间的众多角落中逡巡不已，令人感慨叹息。那是双目失明的博尔赫斯在图书馆中面对海一般的书籍，是双耳失聪的贝多芬在午夜聆听敲打灵魂的命运交响曲，是坐在轮椅上的史铁生在芜杂的地坛公园中行走与思考，那是对个体命运变幻无常的灵魂哲思，是对这个世界深沉无言的终极大爱。

与孤寂的旧日时光相对时，文字显得那么无力，或许只有源自内心的珍爱，才能擦拭干净这一段生命中的孤寂时光，显露出它清水般的模样，此时，用它涤洗人生之树会愈显郁葱，用它滋养灵魂之光会更加明亮，这一点，其实，无关命运，只关乎爱。

有些美丽的梦不要急着绽开

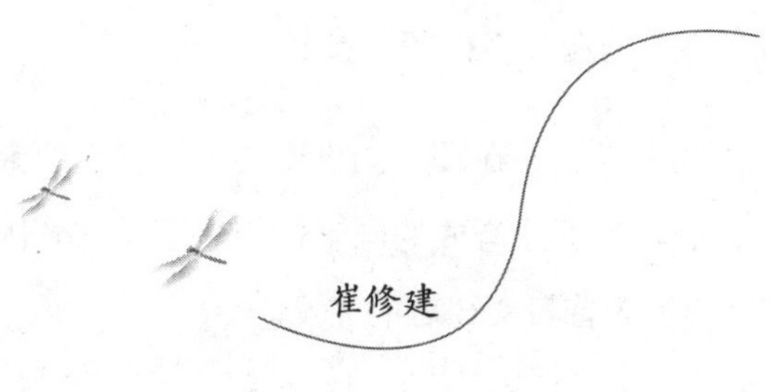

崔修建

高二那年，他和她都迷恋上了文学。由于整天忙着写稿、结交文友、跑印刷厂印他们自办的文学小报，他俩落下了很多功课。老师几次找两人谈话，劝他们暂停创作，先好好复习，等考上大学以后再用心写作也不迟。

她听从了老师的开导，开始和班上其他同学一样全力备战高考。

他却不以为然，依然为自己心中的那个作家梦而拼搏着，勤奋地写着那些很难发表的诗歌和小说。

他的学习成绩在班级已从中游滑至最末位，她焦急地劝他赶紧停笔，否则会考不上大学的。他却固执地说，等他将来在文学上有了成绩，可以再考鲁迅文学院的。

那年，她如愿地考上了北京师范大学中文系，他很自然地榜上无名。因家人的极力相劝，他又心不在焉地在补习班里待了一年，没做几套复习题，仍迷恋着写作，结果再度名落孙山。当然，这两年当中，他也发表了几篇作品，但和他的付出实在不成比例。

而她，如今正悠然地在某高校一边教书、一边写作，成绩斐然。

一晃，高中毕业十年了。在那次同学聚会上，已经研究生毕业、在文坛小有名气的她，给大多事业有成的同学们带来了两部新出版的作品集，大家一致地夸赞她不愧为昔日文科班的才女。

她谦逊地说她可赶不上那个他，当初他的文学功底要比她好多了，上中学时他就有作品发表呢。可同学们却纷纷摇头，有好几个同学替他惋惜：“他要先是考上大学，再找一份合适的工作，然后再专心写作，或许我们班就有两位作家了。”

从大家的叙述中，她才知道，高中毕业后，家境贫困的他便到南方打工去了。生活的重负，把他抽得跟陀螺似的飞转，天天为保住一份谋生的工作而忙得焦头烂额，很快便无奈地疏远了文学。

其实，如今仍在为生计而疲于奔命的他，早已为自己当年的自以为是深深地懊悔：在人生的路途中，先做什么后做什么，有时是按严格的顺序排列的，是绝对不能轻易地颠倒的。弄错了顺序，就可能让一生刻骨铭心地遗憾。就像有些梦幻尽管很美丽，在需要蕴藏在心底的时候，就一定不要急于让它绽开……

陌上有云初长成

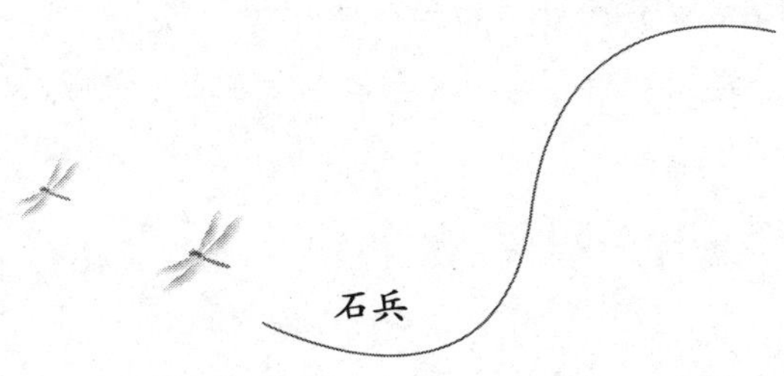

1

第一次见到田晓芸时，她正在一片稻田间奔行，嫩白的小脚丫在混浊的泥泞中沾染上了点点黑黄，一旁的水塘中倒映着几朵白云，稻田中逐渐葱茏的稻苗映衬着她天真的笑脸，构成了一幅极其静谧又极富动感的画面。旅行至此的我心头一震，急忙取出相机，调好焦距按下快门，记录下了这美好的一幕。

这时，田晓芸跑到了我的面前，她好奇地盯着我手中的相机，清澈的大眼睛里满是疑问。

我问她："小姑娘，你叫什么名字？"

盯着我翕动的嘴角，田晓芸的眼神逐渐变得迷茫起来，过了良久，她突然"啊啊"地叫了起来。

我心头一颤，这么美丽纯真的一个小姑娘，竟然是一个聋哑人。

随后，我跟着她去了她的家，那是一个篱笆扎就的院落，不知名的野花遍布每一个角落，却挡不住贫穷与苦痛的如影随形。她的母亲告诉我，田晓芸今年六岁，在一岁时因为一场重感冒而变成了聋哑人。

2

第二次见到田晓芸，是五年后了。五年间，我从一名怀揣理想的学生成为一个四处碰壁的求职者，再次来到这个江南小镇是因为公司的一笔业务。

那一天，鬼使神差地，我走入了乡村深处，来到了五年前那个留给我美好与心痛的稻田面前，我一眼就看到了田晓芸，她正在陌上仰首看云，长发随风微微荡起，嘴巴轻轻抿着，脸颊上有一抹温柔的光线，十一岁的田晓芸变得更加美丽了，但这美丽中却多了一丝清冷，我无法看到她仰视的目光，只能依顺着她的目光向天空望去，那天的天空色彩分明，蔚蓝的天空配上洁白的云朵，丝丝微风变幻着柔弱的白云，刹那间，我因四处碰壁而焦躁不安的心平静了下来。

我取出随身携带的相机，拍下了这一幕，时隔五年，这个令人无限怜惜的小女孩带给我心灵的冲击却有增无减。

我来到田晓芸面前，她居然还记得我，冲我微微笑了一下，但是，我却看到，她望云的眼睛里有着遮掩不住的忧伤，她示意我在一旁的空地上等她，然后，她挽起裤腿走入稻田，顶着剧烈的阳光把两亩地中的稻苗逐一扶正、松根、拔节，很快，晶莹的汗珠顺着她光洁的额头落入了稻田。

一小时之后，田晓芸带我回到了她的家，我看到了她瘫倒在床的母亲，两年前，她因腰椎间盘突出没有得到及时治疗导致病情恶化，最终瘫痪，田晓芸的父亲一直在南方打工挣钱，照顾母亲与稻田的重任就落在了田晓芸身上。

我在田晓芸家待了半个多小时，婉辞了她母亲留在家中吃点饭的邀请，在走之前，我悄悄把身上所有的钱都压在了田晓芸为我端来的果盘下面。

3

第二次从田晓芸家走出后，我仿佛脱胎换骨般变了一个人，求职的困难、生活的窘迫都变得不再那么艰难，我在一家报社找到了一份稳定的工作，每当遇到困难与失意，我眼前总是浮现出田晓芸昂首看云的情景，我知道，她是在天空的白云中寻找生命的希望。

我开始定期给田晓芸寄钱，令我欣慰的是，这些钱从来没有被拒绝过，这也让我更加努力地去工作。我想，或许这个当时只有十一岁的孩子并不知道，帮助她已成为支撑我努力奋斗的动力源泉。

但我一直没有再去见她，我总觉得，我与她的相逢应当不是一种刻意的安排，那更像是一种斩不断的缘分，冥冥中自有约定。

4

前不久，刚刚迎接儿子降生的我意外接到了一个电话，是一个嗓音混浊的男声：“您好，是石先生吗？我是田晓芸的爹爹。”

因为他的方言味道极浓并且嗓音混浊，我费了很大劲才听懂他的话，心头一惊的同时，我不自觉地计算了一下，竟然又是五年没有见到田晓芸了。田晓芸，已经十六岁了。

她的父亲告诉我，自从开始收到我寄来的钱，他就从南方回到了家里，照顾妻子和稻田；田晓芸用这些钱上了一所聋哑学校，学会了写字、画画、跳舞；她知道那些钱是你寄来的，她曾经循着寄钱地址的蛛丝马迹来到过我工作的报社，远远地见到了我，但是并没有打扰我；现在之所以打电话给我，是因为，她已经长大了，她想送我一幅自己画的画。

放下电话，我笑了起来。不久后，我收到了一幅寄自一所聋哑学校的挂号信，里面有一张信纸、一幅画和一张工整的欠条，田晓芸告诉我，她不再需要我寄钱了，她会把钱还给我的，那幅画，是送给我的礼物。

我打开画，发现那是一幅陌上图，图画上有一片大大的稻田，陌上有一个年轻人举着一个相机，面露微笑地正在按下快门，对面是一个小姑娘抬着头看天空，天空中点缀着几朵白云，与稻田中倒映的白云相映成趣。

看着这幅画，我热泪盈眶，我知道，我终于成为那幅美景的一部分，不论这沧桑的尘世如何辛酸与疼痛，因为这幅真心的图画，一切都值得了。我取出那张欠条，把它撕成了碎片，然后在心中默默对那个在陌上看云的小女孩说，谢谢你，你终于长成了一朵白云，你不知道的是，这些年来，我也如你一样，是那个在一直看云的人，心中有着与你一样的憧憬与祈祷。

蜕 变

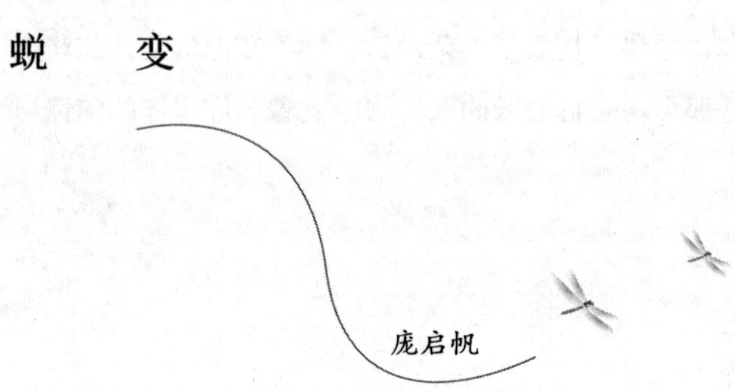

庞启帆

几年前，我在一个名叫鲁迪·马塔尼的著名鳞翅类昆虫学家的指导下为一个自然资源保护团体培育蝴蝶。

麻烦的是，我对蝴蝶的了解并不多。我以前的研究对象主要是鸟类和蜥蜴。那时，我曾陷入绝望。因为研究资金少得可怜，再加上丈夫正要和我离婚，虽然我争得了两个孩子的抚养权，但我已无力两头兼顾。在马塔尼博士找到我之前，我已经濒临放弃，并且已打算搬回奥斯汀市与母亲一起居住。所以，这份工作对我来说就是一根救命稻草。

我正在培育的蝴蝶是几年前就被估计即将灭绝的蝴蝶品种——帕洛斯维第斯蓝蝴蝶，是马塔尼博士几个月前无意中在圣佩德罗的一个废弃的炼油厂内发现的。这天，我像往常一样走进培育室。荧光灯下，一个个蝶蛹正在一排排小塑料碟子上睡大觉。蝶蛹很细小，棕色的颗粒状。我在它们身上花费了很长时间。每天从我居住的圣费尔南多驱车四十英里来到这个地方，出门前，我必须请人照看两个孩子。

“不幸的物种。”在检视蝶蛹时，我自言自语道。我觉得自己也像一个不幸的物种。何时才能取得学位？何时才能获得一份真正的工作？何时才能有足够的钱买一所房子？我每天都为这些忧虑。

我拿起一个碟子，把它放到灯光下。忽然，有一个颗粒在活动。我把眼睛靠得更近些。蛹壳在往外胀，似乎就要破裂。我的心跳加速，这一刻到来了吗？蛹壳出现了一条裂缝。几秒钟后，裂缝扩大，一根细长而娇弱的线状物出现在我眼前。是一条昆虫的腿，腿在颤动，并且开始往外伸展，慢慢地，迟疑不决地，一只翅膀带着褶皱的蝴蝶出现了。它站在残壳上，摇晃着，努力保持身体的平衡，然后展开了它的翅膀。我的呼吸急促起来。半透明的蓝色翅膀还没有一个25分硬币那么大。但它们的美丽令人目瞪口呆，甚至令人透不过气来。不久，这只蝴蝶拍打着翅膀，飞向了空中。

我已经没有更多的时间去欣赏，整间屋子的蝴蝶都已开始孵化。我的手脚疯狂地动起来，以确保它们从外壳里完整无缺地出来。帕洛斯维第斯蓝蝴蝶从壳里孵化出来后，作为蝴蝶的形态在这个世界上只存活四天。这四天是多么地来之不易啊！先是作为一条毛毛虫度过一个月的时间，然后作为一个休眠的蛹度过漫长的一年。

一周后，我再次回到那间培育室，这一次是喂养一条条蠕动的毛毛虫。每一条毛毛虫，都意味着新的一整年的工作——请人照看孩子，开着那辆破车在圣费尔南多和圣佩德罗之间来回奔波，并且再次延迟我的学位论文上交的时间。有时候我真想退出这个项目，但如果我真的退出，生活就会变得更加艰难，于是我咬牙坚持了下来。

我看着一条条毛毛虫正向我刚放下的草叶子努力爬来。不久，它将织造它的蛹壳，然后躺下，一动不动差不多一年的时间，最后破蛹而出，脱胎换骨成为一只美丽的蓝色蝴蝶。

多么神奇的蜕变！像死亡和重生。我多么希望自己也能这样。直到2006年，帕洛斯维第斯蓝蝴蝶的数目才达到稳定。同年，马塔尼博士退休，洛杉矶都市野地团接管这个项目，他们指定我为培育帕洛斯维第斯蓝蝴蝶的唯一负责人。此时，我已为我和两个孩子购置了一套两个卧室的公寓，我的学位论文已完成，并且成了两个大学的讲师，赚取的薪金足够我们母子三人生活。

不久前，我驾着新车前往离新的蝴蝶屋不远的帕洛斯维第斯海岸悬崖。春天来时，在二十个志愿者的帮助下，我将在悬崖边把四千七百只帕洛斯维第斯蓝蝴蝶放归大自然，让久违的奇观再次在大地上重现。而我，也将像它们一样，在经历时间的考验和蜕变后，开始新的人生。

用心谱写责任之歌

杨少强

人的一生就是劳作的一生，起伏变幻的一生。有人说，人生是一条河，难免会有曲折；还有人说，人生是一首歌，其中的每一部分，都需要我们认真地去谱写。

青春似梦，生命如歌。

如果真是这样，那么，在人的一生中，在这首漫长亦或是短促的生命之歌里，有一种音符，是从头到尾一直伴随着生命的旋律热情洋溢地跳动着，那便是责任。而整个生命的过程，归根结底，也即是我们去发现使命，履行责任和义务的过程。这首生命之歌准确的叫法应该是：责任之歌。

是的，责任就是一首歌。责任，能唤起人们对工作生活的热情。有了责任，便有了目标，生活也便有了明确的方向，也便有了前进的动力之源。一个充满热情的人，是一个有希望的生命。

责任是一首歌。它鼓动生活的双翼，给人带来勇气和力量。无论是工作还是生活，都需要我们去担当，这时就需要拿出足够的勇气和信心。心有责任的人，忠诚、敬业、守信，是极具魅力的人，更不乏勇气和力量。这样的人时刻都充满斗志和激情，就像乐曲中那铿锵跳动的音符。

责任，能让一个人变得异常优秀，进而一步步走向卓越。一个心怀责任的人，能正确区分该做的事和不该做的事，它清楚兴趣和义务的分别。他遇事不推诿，不找借口，他正视现实，直面挫折和困难。一个负责的人，会为他人所喜，为单位、为社会所认可、赞同，他会发挥主观能动性和创造力，在生活工作中发挥出前所未有的潜能，成为一个优秀的人，乃至有一天人们会发现：这个人在某一领域已达到卓越。

责任，是一首歌，在每一个活泼跳动的音符里，都蕴藏着理性的情感和智慧的奥秘。要想深入地去领悟生命和生活的真谛，那就用心地去对待和把握吧。

捻尘香

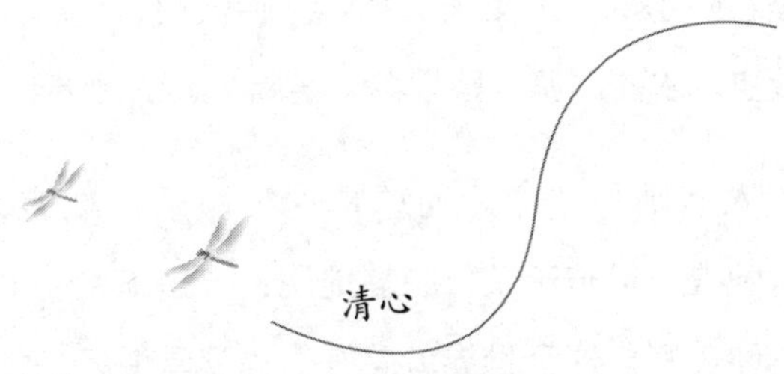

清心

清明节，女友回乡下看母亲。临走时，她对我说，尘世纵然再美好，遗憾的是，最爱我的人在天上。望着她孤单的身影，眼睛顷刻模糊了。

然，刚刚过了三小时，电话那端，已经传来她欢喜的声音：“你猜，我妈的墓碑上长了什么？”我在这边花啊草啊说了好几种，都被她兴冲冲地否定了。

她开心地告诉我：“你能想到吗？竟有蜜蜂在我妈的墓碑上建了巢。一个个正六边形拼在一起，如同朵朵绽放的簇簇花团，绝对是精心雕刻的美丽建筑。亲爱的，以后我妈有蜂蜜吃了！她在天堂有福啦！”

那一刻，我的心被什么触动了。她是多么热爱生活的女子啊！在这个天天堵车、处处尾气、水质超标、防腐剂泛滥的年代，她不抱怨不消极不放弃。时光流转，云水千年，不论境遇如何，她总是能够捻一缕尘香，平静喜悦地盛开在自己的美好里。

在老家，她从不与同学朋友联系。每天，从早到晚，只跟父亲在一起。给父亲擦玻璃、清洗床单被罩、陪父亲聊天、亲自做筋道的手擀面跟父亲坐在院子的小方桌上一起吃。晚饭后，挽着父亲的手臂，在附近的小河边散步。水流潺潺，她依在父亲肩头，仿佛听到了儿时的欢声笑语。

有人问她："你为何总是这样快乐？难道，你的生活就没有忧愁吗？"她喝一口苦丁茶，静静地说："当下发生的一切，全都是你心性的映照。你美好，这个世界就美好。也就是说，是你的心念创造了世界的样子。人生苦短，快乐都不够用，哪有时间浪费在忧伤上？活着，就要用心去捻一朵又一朵尘世的芬芳。对我而言，母亲去了，这世上，父亲无疑是最香的那一朵。"

那一刻，她的话让阴天也升起了太阳。春秋任它来，用心去捻尘世芬芳。多么美，又多么好。

保罗·科埃略说，生命的每一天都存在着各式各样的美好，问题只是你有没有注意到这些美好。如果你把每天都看成是相似的，那么，活着也太无趣了。

是啊，美好无处不在。它存在于蓝天白云里，存在于爱人深情的眸子里，存在于孩子的笑容里，也存在于迎风低语的树叶里……只可惜，现代人烦恼太多。他们每天在心里打着算盘过日子，整颗心被欲望和负面能量所操控，早已失去了发现美的眼睛，更缺少了捻一缕尘香的心情。

一直记得，小时候，有一天晚上，父亲用自行车驮着我回家。以前，乡下全是凹凸不平的土路，再加上父亲的眼睛深度近视，一块石头轻而易举地将我们绊倒了。我的左腿受了伤，向外渗着血。不知是因为疼痛还是因为恐惧，我"哇"的一声哭起来。父亲微笑着，用左手指着天空对我说：“快看，星星在跳舞呢。”我擦干眼泪，抬起头，看到无数星星眨着调皮的眼睛，如同成千上万个小精灵在表演节目……

第二天到医院一检查，才发现父亲的右胳膊骨折了。在那样的时刻，有几个人会有兴致跟自己的孩子欣赏头顶的星空呢？父亲一生坎坷，却从不悲观。在任何时候，他都能保持一颗善良的心，发现生活中无处不在的美感。

尘世中的香一朵又一朵，只是，你看到了吗？

雨天随想

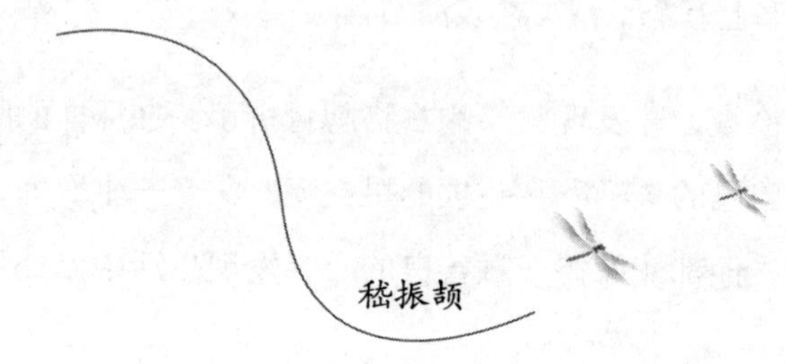

稽振颉

仲夏时节，天气十分闷热，空气中充满着不稳定的能量，随时等待着宣泄。我的心情也像这不稳定的大气压，焦躁着、烦恼着，需要短暂的喘息。这时，天气渐渐暗了下来……

原先湛蓝的天空，大片的黑色开始肆意地侵占空间。在乌云的强大攻势下，太阳暂时收起了耀眼的光芒。一阵凉风吹过，进一步催生了水汽的凝固。不久，让人期盼的雨水降落到大地，开始是一点一点，后来是一串一串，最后宛如倾泻的水瀑从天而降……

外面风雨交加，我的心情变得更加阴郁。最近一段时间，连续几件事情的发展不能如我所愿。单位举行岗位竞聘，竞争一个副科级岗位，虽然我自认为无论是个人资历、工作成绩、面试临场发挥都比其他几个候选人要好，但是最终幸运并没有垂青我。相恋了近两年的女友，看到我始终在原地踏步、没有在职业道路上有进一步发展，对我提出了分手的要求，虽然我想努力挽回，但是无奈“天各一方”的命运。业余时间，我爱好写作、笔耕不辍，时常向各家报社、杂志社投寄稿件，但是往往石沉大海，参加的几个全国性文学大奖赛，我也只能充当“绿叶”的角色。一个人最理想的状态，就是情场、职场，场场得意，但是我却在这两个场域内都成了失败者。我是否真的是一个无能者？这难道就是我的宿命吗？

外面的雨有些小了，好像已经完成了自己的使命似的。但是，天气依然很闷热，热得让人喘不过气来。联想到很多励志书籍上提到的一点：一定要选择一条最适合你个性、能力的发展道路。我开始反思自己正在前行的道路，它是不是会将我引向最终的成功？如果一开始我就误入了歧途，我岂不是永远不会有迎接光明的一天？如果真的是这样，我是不是应该放弃无谓的努力，重新开始新的选择？

一声惊雷打断了我的思绪，雨又大了起来。雨滴重重地砸在窗户上，溅起的水花绽放出美丽的姿态。经历了第二次宣泄，空气变得凉爽、清新了。不久，漆黑的天幕上撕开了一条口子，阳光再次拥抱了大地。我推开窗户，静静地仰望着天空，好像回到了幼年的时光。在那段懵懂未知的岁月里，我经常深情地仰望天空，不是为了某种世俗的目的，只为满足内心的那份好奇。等理智占据我的头脑之后，我的视线从天空转移到地下，开始越来越对眼前的事物患得患失。曾经，我对那些纠缠于俗务的人有些鄙夷，没想到自己也逐渐地变成这样的人。我是否正在迈向成熟，还是走向平庸？我想，这其实只有一线之隔。我们不能用结果来衡量自己是否平庸、不能用眼前的境遇作为成功与失败尺码。工作、情感、事业上的失意，就如同刚才的那片乌云，只是暂时遮住了太阳。但是，太阳还是存在于天空中，它还会放出自己的光芒。让雨水暂时得意吧！重新钻出云层的太阳一定会重新夺得天空的主导权，用自己的光和温暖滋润着人间。

想到这里，我的心里豁然开朗——那些失意已经被我扫进心灵的“垃圾箱”。面对着阳光和蓝天，我开始憧憬着未来的成功……

念念不忘，必有回响

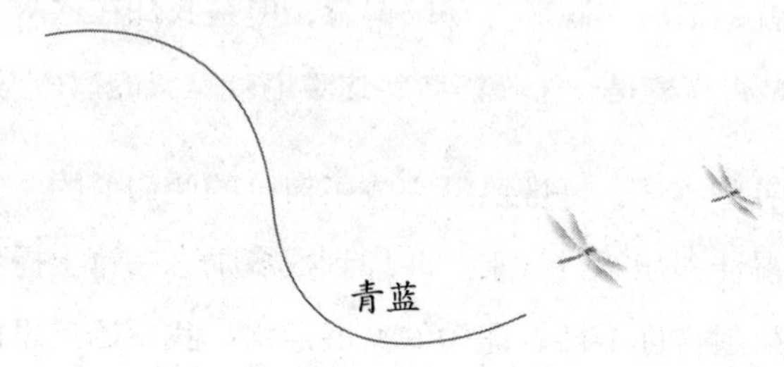

青蓝

三年前，公司组织了一场培训会，大意就是让每个人都要树立自己的目标。我印象最深刻的是同事徐徐，和别人或不屑或羞涩的态度相比，他显得尤为坦诚。

他说他的目标是三年内成为公司部门经理，在深圳买房、结婚。那时的徐徐只是一个入职不到三个月的销售人员，若论资排辈，他在销售部估计都排在倒数几名了，经理的位置怎么可能轮得到他？而买房，就凭他一个月三千的工资和农家的出身？当时，很多人都觉得他简直就是痴心妄想。

没想到三年后公司规模扩大，人数翻了两番，销售中心细分为三个部门。徐徐凭着骄人的销售业绩和客户的良好口碑，当仁不让地成为销售一部的经理，并在当年按揭购买了布吉的一套二居室，与相恋四年的女友举行了婚礼。

我问徐徐，你当初怎么就那么笃定能实现自己的目标呢？

徐徐沉吟了一下，他说，其实那时候我并没有把握，但是我想只要我朝着目标踏实地去努力，就算得不到最好的回报，结果也差不到哪里去。

朋友鹿子也跟我们分享了她的故事。

多年前，鹿子参加了当年名震全国的“萌芽杯”新概念作文大赛，并一举获得一等奖。一时间，她的事迹在小县城传为美谈，并受到电视台的采访，被誉为“文学奇葩”。然而由于偏科导致高考失利，她只进了一所专科大学，又阴差阳错地读了一个和文学毫不相干的专业。一别经年，想起曾经的文学梦，鹿子觉得犹如前尘往事一般。

在工作的第三年，鹿子开始写博客。没想到博客的点击率节节攀升，许多人都说喜欢她笔下的文字，后来开始有副刊编辑在她博客留言向她约稿，她的文字逐渐变成了铅字得以发表。鹿子说，她就像一个在大雾中茫然行走的人，终于看清了前进的方向。

去年鹿子开始在起点网上写小说连载，并成功签约，成为起点网当红人气写手之一。同时她家乡的报社向她伸出了橄榄枝，邀请她开一个专栏。距离当初的新概念作文大赛十年后的今天，鹿子终于再次出发，走在了通往梦想的道路上。

我不禁想起了自己的经历。前段时间搬家整理物品，我不经意间翻出了一个本子，里面夹着好几张汽车的剪纸，剪纸上的汽车造型各异，却无一例外的都是明丽的黄色。那些纸张有些发黄发脆了，我都忘了到底是什么时候夹进去的，看着那几张图片，我不由得会心一笑——在楼下的车库里，正停着我们新买的“小黄”。

电影《一代宗师》里有一句经典的台词：念念不忘，必有回响。你的时间花在哪里，岁月最清楚，生活从来都不会亏待努力的人，你只管负责精彩，老天自有安排。

三寸日光

李良旭

一对恋人在秋天的黄昏里望夕阳，他俩肩并肩紧紧地靠在一起，不顾微寒，像傻了一样，看着快要落山的太阳。

这个时候，男孩对女孩说了一句话：“秋天掌上的日光，一寸许一个愿望。”

女孩垂下眼帘，握着手中的阳光，低声说着，许下两个愿望。

“可是一共三寸的阳光，还剩一个愿望呢？”男孩不禁问。

女孩笑了，小手点了男孩的额头：“傻瓜，你自己想嘛。”说罢，便飞似的跑下山。

男孩在后面追着，心里面却笑开了花。最后一个愿望，就是永远相爱的愿望。

这是《三寸日光》歌曲里所呈现出美丽的意境。在曼妙如诗的画卷中，让人心中溢满了柔软：

第三个愿望还不想讲

你自己想一想

问微笑的月光

等到

世界末日你再讲

那个愿望

一起握紧不放

三寸日光，转瞬即逝，但在这一对恋人心里，却许下了一生一世的诺言，天长地久地温暖和感动。握紧手心里的愿望，无论贫穷、无论富贵，永远相亲相爱，相伴一生。

三寸日光，一起握紧不放，一起等到世界末日。这种爱，让人心中溢满了温暖和感动、感受到生命中的永恒和天长。

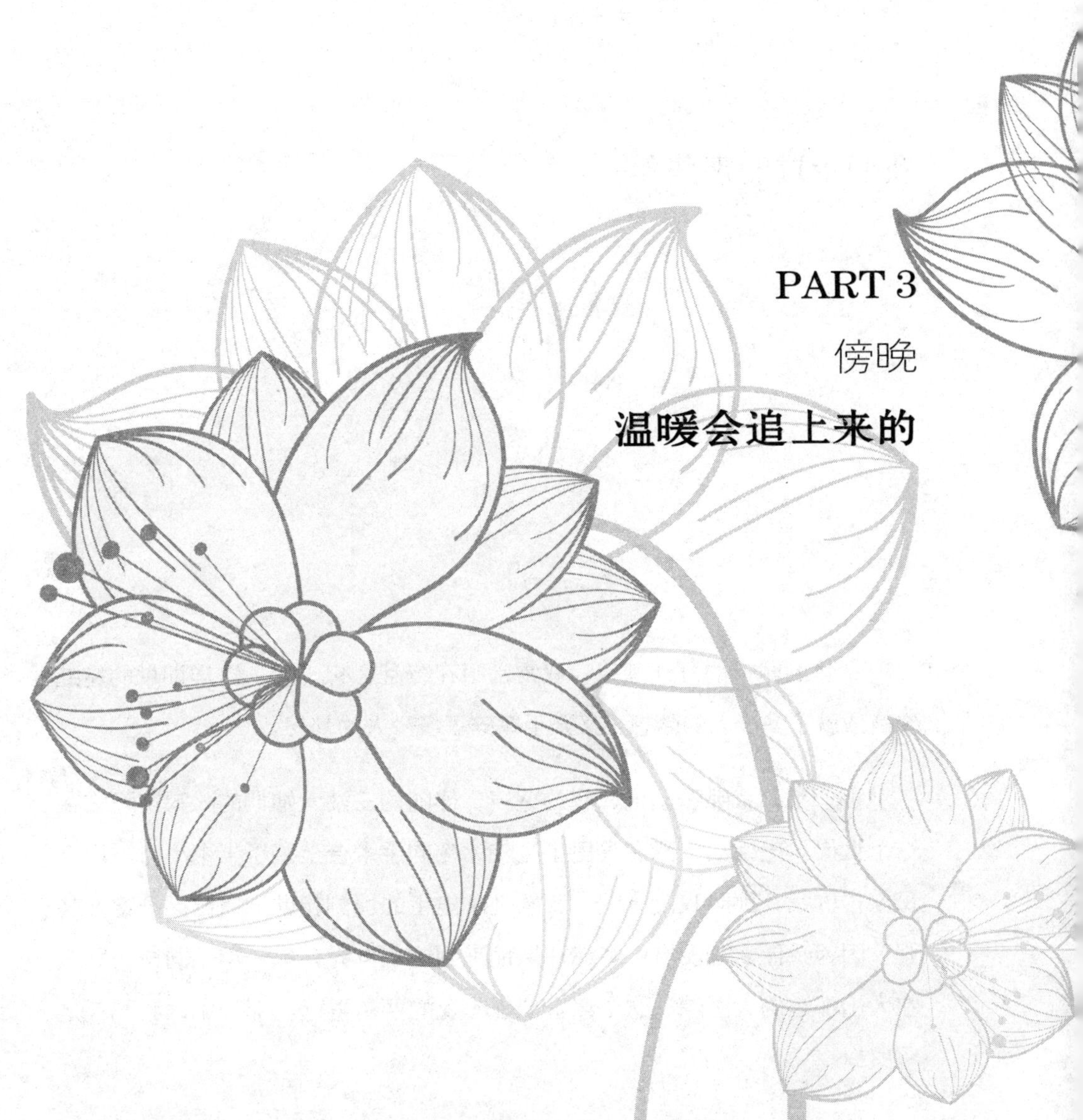

PART 3

傍晚

温暖会追上来的

曾经固执地以为放不下的事情，终在时光的年轮中被渐渐淡忘。

我们开始成长，告别从前，都只是为了和将来相遇。

我们走过的那些年

明轩

看着大城市的灯红酒绿，我常常眼花缭乱，想一想，这样灿烂的霓虹究竟成就了多少人的梦想，又亲手摔碎了多少人的梦想。

那一年，我呱呱坠地，我的哭声，伴随的三姑六婶们的吆喝声降临在这个世界。出生后，我在县里小医院冰冷的手术台上躺了半个小时。后来母亲告诉我，那时我没有哭，我像是从出生的那刻起就知道自己一定要坚强。因为我什么都没有，我赤裸裸地来到这个世界。那一年，同样的哭声在大山那边的大医院，这个声音似乎比我的要传得远。那一年，我们都是零岁！

那一年，我眼里看见的是两岸清山，还有一江春水，对呀！多美的景色，那么山的那边是什么呢？是山，那更前面呢？还是山。我对外面未知的世界充满了幻想，我想知道山的外面是什么。

那一年，那些连绵不绝的山，在一个四岁孩子的瞳孔里被放大。

那一年，大山另一边的他时刻穿梭在大游乐园里，坐着过山车，摩天轮还有旋转木马，那个时候，我还不知道这些是什么。

那一年，我们都背起书包，一脸新奇地来到学校。我这里是会漏雨的瓦房，他那里是漂亮的楼房。那一年，我们都是七岁的年纪。

那一年，我背着锄头和铁锹来到田里，面朝黄土背朝天。在炎炎夏日，我白汗累成黑汗，痛得直不起腰，眼泪吧嗒地打在了地里，模糊得可以看到土里被砸了一个坑。举起布满尘土的衣袖擦干泪水，抬头看看远方劳作都顾不上喝一口水的父母，我咽了咽口水，那一刻，我发誓要离开这个地方，要靠自己的努力，不要让父母再受累。那一年，他也很忙，要参加各种培训班。在铺着亮白瓷砖的大房子里，他享受着空调带来的凉爽，耳里听着MP3里播放的音乐，那一年，我们都是十岁！

那一年，我面临着人生的转折点，为了改变命运，为了不辜负父母殷切的期望，我用布满血丝的眼睛，夜以继日的埋头在黄卷青灯之下。深夜常常和我做伴的只有两只小流浪猫。那时候的月光，真的很冷，穿过破旧的玻璃，冷冷地光投在全是补丁的棉被上，让被子看上去好像厚了一点儿。

当我拿到重点中学录取通知书的那一刻，眼泪便如火山爆发一样再也控制不住，在一个没有人的地方，把一个少年十六年来内心所承受的心酸、痛楚，凭借着一张轻薄却又沉重的录取通知书，狠狠地哭了出来。

那一年，他在太阳的轻抚下揉着惺忪的睡眼，不愿从漂亮而温暖的被子里起来，听着窗外嘈杂的汽笛声，让他感到一丝烦躁。餐桌上摆着的豆浆油条还有煎鸡蛋，他却没有一点胃口，没有收到重点中学的录取通知书，他也没有一点感觉。

那一年，我们都是十六岁！

人们说十六岁的天空很美。我抬头看了看天，湛蓝、深远，真得很美。一直向远看，好像可以看到未来的样子。我用手指比画着，把天上的云朵连成一张笑脸。我们同样生活在一这片天空下。

那一天，我拿着一张薄薄的录取通知书，还有临走时父母塞给我的皱巴巴的一摞零钱，骑着单车来到学校。他拿着今年新款的书包，从父母的小轿车上下来，我看见他爸爸腋下夹着一个鼓鼓的包。我们走进同一所重点中学。我的衣服朴素暗淡，他的衣服光鲜亮丽，但我们都同样接受阳光的洗礼。迎面吹来一缕微风，我微笑地抬头向前。

校园很漂亮，这是我曾经向往的美好生活，在这里，我就像干涸的小树苗，接受着知识和雨露带来的润泽。在这个大城市里，我看到了他在灯红酒绿之中穿梭，也看到了他们西装革履奔波在城市之间。我站在教室外的走廊上，看着熙熙攘攘的人群，还有红绿灯下的车来车往，然后抬头向天空深深往了一眼！

那一眼，我看到了一个深邃的、十六岁的天空！

下在夹道上的雨

你有没有倾心一个人，直到你不知道为什么就可以毫不犹豫地放弃这份最初的萌动，任心里思念伤痛的海洋波涛翻涌，惊涛拍岸处，石礁为之开裂，留下细长的伤痕？

你有没有抚摸过这片伤痕，在花开漫天的季节里，馥郁的花香由此渗入肌骨，你是否嗅到，一种向上的力量？

当莫然在黄色的书页上写下这些文字，窗外的阳光恰巧落在上面，那些符号和线条在明媚的天光中愈发生气蓬勃。莫然放下笔，眯起双眸，对着阳光绽开一个大大的笑脸。

莫然是一个平凡的女生，没有倾尽整个学校的天姿容颜，不是众多男生追捧心动的女神，没有身家不菲的父母，她唯一可以说予人听的便是在全年级还算优秀的成绩。在这所私立中学里，她有的只是这些，但她喜欢这样的自己，感恩而且知足。

直到有一天，秦君身披万丈光芒向她走来。莫然像一颗夏末的果实，伴着心中的悸动，把目光投向了他。可是莫然没有想到秦君的光芒太过于炫目灼热，伤了她，也伤了他。

高三最后一学期，一切变得紧张，时值春季，清明将至。南方的小城，桐花烂漫，艳杏烧林，缃桃绣野，芳景如屏，倾城的景色。春风暖软，却在归零的暮霭中风云突变。电闪雷鸣，骤雨哗哗，似在葬送这一段青涩的岁月，祭奠流水般逝去的美好华年。

莫然说："如果可以，我愿从未见过你。我愿以一个简单的角度，审视这一路的深深浅浅。"

她还是想起了那一天，大约半年前，回家的途中有一棵梧桐，叶子开始发黄，还未凋落。街道上灯火昏昏，人声嘈嘈。那是一条约百米长的夹道，两侧长满了绿草。那晚，莫然和秦君顺路一起走在回家的路上，刚走了一半，秦君突然对莫然说："你闭上眼睛，左手搭在我的肩膀上。"

莫然不知为何自己会这么听话，真的就把手放了上去，触碰到的那一瞬间，她觉得这世界一下安静了。秦君慢慢向前走，她就跟着移动，隔着眼皮的视线依然能感觉到光，那光一会儿乖巧，一会儿跳动。过了好久，秦君说："好了，睁开眼睛吧。"

眼前是一面从未见过的朱红色墙，莫然回头，看见秦君正站在橘黄色的灯光下，露出好看的笑。她看了看周围，正是自己每天都要经过的地方，可为什么对这面墙没有一点印象呢。秦君似乎看出了她的疑惑，说道："我们平日里行走匆匆，错过了很多美丽的风景。有些东西，只有静心的时候才能看到。"

莫然的内心像冰雪开始融化，视线里仿佛下起了五彩缤纷的花雨。

任何一个班级，都是八卦的滋生地，班里渐渐传起了两人早恋的消息。当然，也传到了班主任那里，再后来是各自的家长。短短几天，莫然就觉得身心俱疲。可是秦君却恰恰相反，各界的目光和压力对于他来说好像根本不存在，他依然会在放学后等莫然，然后与她并肩走出校园。有时候他会骑车带着莫然，飞快地在车水马龙的街上穿梭。每每如此，莫然都会把所有烦恼抛在脑后。

那是莫然与秦君在一起的第十五天。莫然在信笺上写下了一句心情：是他，牵着我走过了人生的一段黑暗。

某个冬日，暖阳盛放，是个天气晴朗的周末。莫然约秦君出游，去湖面泛舟。两个人的话都极少，满目淡烟衰草。莫然偶尔想，很有惯看秋月春风的味道。可是，秦君却突然说："我不喜欢不说话的人。"

莫然终是没了游乐的兴趣。这一次，是什么悄悄在二人之间筑起了一道墙？

往后，好景亦常在。因是年少风流罢，磕绊过眼即忘。时光总是匆忙，寒冬过半，春节将至。半个多月的寒假，万水千山总是情。每日的思念，终日的问候，所有的笑语，在今日看来，莫然只觉恍然。

是距离放大了当初的情愫吗？

中学时代最黑暗的半年来临时，细雨霏霏，新芽茸茸，清风韶光，正是奇葩艳卉深红浅白千娇百媚时，莫然再度与秦君走在熟悉的小道上，尽管占得人间多情温柔处，却仍是隐约间模糊了彼此心中的执念，渐行渐远。

开学伊始，全年级便投到了更加紧张的高考复习中。莫然放学后兴冲冲地拉着秦君来到那条百米夹道，寻了一个隐秘处，莫然从书包里拿出一条灰色围巾，踮起脚尖，笑着给秦君围上。秦君眼里的笑意忽明忽暗。

后来的几天，虽然秦君很少再对莫然温暖地笑，很少再去擦拭她因成绩下滑而被老师和父母训骂的泪水，但莫然还是很高兴，因为秦君依然每天陪着她。

只是，一个傍晚，秦君带着莫然来到夹道上，他递给莫然一张纸，莫然觉得很是眼熟。打开细看，入眼处是自己的笔迹，“是他，牵着我走过了人生的一段黑暗。”这曾是让秦君很感动的一句话。

满天的暮霭突然消散，转而电闪雷鸣，天空竟下起了瓢泼大雨。纸上的笔墨在雨水中氤氲开来，模糊了字迹，也模糊了莫然的心。

秦君说：“莫然，对不起，我要去欧洲留学，我爸爸，希望我可以继承他的产业。”

莫然没有说话，手里攥着那张纸，不置一词，只是往前走。

终于，路的尽头，显现眼前。莫然回头笑着说：“好。”一切便终结。

莫然想起柳永有一首词《尾犯》：

夜雨滴空阶，孤馆梦回，情绪萧索。

一片闲愁，想丹青难貌。

秋渐老、蛩声正苦，夜将阑、灯花旋落。

最无端处，总把良宵，只恁孤眠却。

佳人应怪我，别后寡信轻诺。

记得当初，翦香云为约。

甚时向、幽闺深处，按新词、流霞共酌。

再同欢笑，肯把金玉珠珍博。

柳永的词动情，动了莫然的情。别后的当晚，莫然在床榻上辗转难眠，又负夜晚。想当初，秦君与她也曾执手相看，立下誓约。而在日后，他们终将形同陌路。

一夜的萧索凄凉，莫然努力睁开双眼，已是崭新的一天，春风照样吹得暖软，黄鹂的歌声依旧婉转，红楼深雨下草木愈发青绿，生机盎然的春天呵。

她告诉自己，你不坚强，谁替你坚强。她始终隐忍着，不肯把自己脆弱的一面展现在人前，倔得像头驴。莫然在日记中写道：

经历了才懂成长，经历了才懂生存，活得更好；感谢生命中的每一场际遇，不管它是让我惊艳倾倒，还是让我忧愤难平，总能帮助我在人生的道路上受伤更少，成就更多。

正如某君在微博上的一句话所说：

少走了弯路也就错过了风景，无论如何，感谢经历。

放下包袱，整理好心情，还有很长的路要走。莫然想，或许当自己走得更远，回首这一段岁月时，可以在流光中看见他的笑脸，听见他的温

言，那过去过不去的终会成为过去，逐渐沉淀，酝酿出一坛窖藏老酒。或许，当自己于迟暮之年过滤掉残渣，于午后暖暖的阳光中细细品尝它的芬芳，还会不由自主地在嘴角噙一朵鲜艳的花，眼里荡漾着温暖的波光，在盛世如画中负手看天地浩大，那时，希望自己可以像个仙人，飘逸潇洒。

莫然还是会在每日的傍晚走过学校的百米夹道，轻松愉悦，她的成绩进步很快，而且很稳定。莫然在心里许下一个愿，愿自己破茧成蝶。而她也一直在努力。

一种向上的力量在支撑着莫然。回望一路的深深浅浅，原来那只不过是人生组图中的一部分，莫然在这张图中勾画了一张笑脸，莫问佳人因何笑，笑意盈盈自倾城。

给我一盏小橘灯

你说灯代表了光明，它能照亮黑暗，温暖人心。所以你亲手做了一个小橘灯，当你不在我身边的时候，它可以温暖我。

这盏灯真的陪了我好久，后来你离开了我以及小橘灯，于是它也再无法温暖我。橘色是你喜欢的颜色，你说它像太阳，如同我的笑容。可是为什么，在我依旧将灿烂的微笑投向你时，你却转身离去。

还记得我们初遇时那辆拥挤的公交车吗？我晕车，然后你给了我一个橘子，你说："给，吃了它就会好很多。"

我记得当时的我表现得很呆，因为我们根本不认识，所以最后，我没有接你的橘子只是对你说了一声谢谢。被我拒绝后的你笑笑，没有再说什么，你收回了拿着橘子的手。到站时我下车，没想到你也跟着下车了，我有些惊讶，于是看向你，你再次向我走来，手里还拎着整整一袋橘子。

你走到我的面前，嘴角轻轻勾起，一副见到熟人的自在模样，你向我打招呼，这次我回应了你，通过短暂的聊天，我知道了你的名字与你的班级学校。瞧，世界真小。我们竟然在同一所学校，那天你还半开玩笑地说："你看我们像不像电视剧《向左转向右走》的男女主人公，他们只隔了一堵墙，却迟迟才相遇。"不可否认，当时的我听完，心里马上闪过一丝羞涩。每个女生心中都有一个白马王子，也许，我偷偷地看了看你，我的白马王子也可以变成橘子王子。

这次的短暂相遇让我懵懂的心开了窍，我开始像故事里的女主角一样，我的心在蠢蠢欲动。

后来，我们在校园里又遇见了几次，每次都只是简单地问好。我心里有点失落，一直想再跟你聊聊。可能是上天眷顾，没过几天我就再次遇见你。那一天的晚自习是我一生中最开心的时刻，晚上突然停电，让我们原本紧张的学习突然放松下来，终于可以放松一下了。同学们纷纷来到走廊，喧哗不已。就在这时，我看到了你，端着一盏橘子灯的你，那朦胧的黄色灯光就如黑夜中的一点星光，照亮了你的四周。

我看呆了，狂烈的心跳几乎把我弄晕，我知道我中了丘比特的箭，我近乎贪婪地看着你在窗边移动的身影。慢慢地，你离开我的视线，只余下那一抹烛光。我还是忍不住主动约了你，怀着忐忑的心向你诉说了我对你的喜欢，谁知我刚说完，你就告诉我你也喜欢我。

你知道我也喜欢橘子灯，便在我生日时做了一个给我，真的很美，像极了你眼里的光。

暖暖的清凉感，轻轻地一触即开，我害羞了，你没有说话，只是用温柔的可以腻死人的眼神看着我，那一刻，我想到了永恒。

不知怎么，班主任知道了这件事，她把我抓进办公室狠狠训斥了一顿，劝我停止和你的交往。我硬着头皮说不要。我之所以如此决绝，是因为以为你也会和我一样的，可是没想到，我想象中的爱情是那么脆弱，脆弱得不堪一击。

你找到我说：“雯雯，我想我们还是暂时先分手吧，这个时候，还是应该以学习为重。”看着你那愧疚的眼神，我的心里很不好受，可是我心软了，我同意了，因为你说了只是暂时，于是我开始满心期待。

接下来的日子，我不能见你，不能和你说话。我将这些无奈和难过化作努力学习的动力，我的成绩突飞猛进，老师们笑开了花，只是他们不知道，这一切，都是因为你。

时间很快过去，转眼间已是六月，考试来临了。考试前我特地去找你，问你想要考哪一所高中，你说：“县一高。”听完你的回答，我沉默了，我知道虽然我的成绩进步很多，但是对于县一高这个重点高中还是有不小的差距。

而你，并没有问我想要考哪一所高中，只是看着我说了一句“加油”，然后就匆匆离去。那一刻我觉得好陌生。中考如期来临，那时我依旧相信，只要熬过这几天，我们就会重新在一起。我出乎意料地考上了县一高，而你，竟然落榜了。我想要安慰你却不知该怎么办。看着你一脸失落的样子，我走过去轻轻抱住你，可是你却冷漠地推开了我。

我终于离开，知道你不再需要我了。

我们再也没有见过面，曾经的誓言都化为了飞灰消失在空气中，只余那盏橘子灯。后来的后来，我带着你送给我的那盏橘子灯进入了县一高，我知道我们这两条交叉线已经延长得越来越远。

自由的绽放时代

菜菜老大

“苏星，你是个好学生，好学生就要有好学生的样子。别想着玩，只要你好好学习，考上重点高中不是大问题。”

“苏星，你怎么能出去打篮球呢？你的书看好了？你看你，又浪费时间了，今年你要是考不上重点高中怎么办！”

“苏星！记得别辜负老师和家长的期待，你要是考个好成绩，多光荣啊。”

“苏星……”

苏星觉得自己快疯了，一闭上眼，无数的唠叨就在他的脑海中嗡嗡作响。只要一翻开书，眼前的五号宋体的墨字就化成了一个个小小的虫子，从书本里跳出来，耀武扬威，随时可能咬他一口。他手中的钢笔，经常突然就变得有千斤重，非要他狠狠地摔在地上才能恢复过来。

然而苏星还是每天除了吃饭睡觉，将所有的时间都放在读书上，这是父母和老师所要求的，他们说，只要这样，就能有一个好的未来。从小到大都很听话的苏星自然不可能违逆父母的意愿，于是，想要更好成绩的他，只能放弃掉一些什么了。

“苏星！我也会三步上篮了！下午有体育课，好好较量较量怎么样？我就不信了，我还能总是输给你。”说话的是连海，是他以前篮球上最大的对手，两个人技术相差无几，常常凑在一起拼个痛快，这曾是他们最大的乐趣。

“我不去了。”苏星推开书，无奈地耸了耸肩，“还有两个单元没复习，改天再说吧。”

“改天改天，又是改天。算了算了，看你的书吧。”连海摇头叹气地离开了，苏星清楚地听到他隐约的嘀咕声。

“看书都看傻了。”

苏星能说什么呢，他只能自嘲地笑笑，他何尝不想去痛痛快快地打一会儿篮球，哪怕只是站在操场上看一会儿也是好的，可是，世上哪能事事都如他意？深吸一口气，他又低下头，让自己陷进题目泥潭里去奋力挣扎。

班主任悄悄地踮着脚从教室的后门出现，看着空旷的教室中那个孤独的身影，满意地点了点头。他已经嘱咐了班长看着他点，别让他贪玩了。这可是能考上省重点的苗子，千万不能给毁了。

班主任刚走了一小会儿，连海就夹着篮球推开了教室的门，小声地对苏星说道：“我刚看到班主任走了。走，苏星，咱出去练一会儿去。”

苏星有些心动，他吞口唾沫，艰难地拒绝道："我还是不去了吧。我还有……"

看着苏星动摇的样子，连海一把将他拉起来，大步向门外走去。

二人像做贼似的偷偷地溜出了教室，顺着墙角一路来到了操场上，看着不远处的篮球场，连海得意地对着双眼放光的苏星说道："看吧，听兄弟的就是没错，咱这不是来了。"

突然，一声轻咳声从不远处的拐角传来，连海的声音顿时戛然而止，这声音他太熟悉了，熟悉到了如同惊弓之鸟的程度。声音的主人叫作魏凉，外号白发魔女，是他们班的班长，二号女魔头，班主任的头号得力大将，运用各种记过、扣分等行为简直是炉火纯青，不过，在恐怖的背后，魏凉同时也是班花和校花的有力竞争者。

魏凉一向以严厉刻薄著称，连海这次拐着苏星出来打篮球，很明显犯了班主任的忌讳，现在又被抓个正着，想必等待二人的，肯定是一场"腥风血雨"。轻轻地迈着步子，魏凉从转角处走出来，看着惊吓的如同小猫一样的两个人，精致的嘴唇扬起一个优雅的角度："你们要干什么去呀？我记得苏星好像还有任务呢。"

苏星有点结巴起来："我只是……我不是……我，我，我，我我就是……"

魏凉微微一笑，歪着脑袋看了一眼苏星，那样子真的是十分可爱。

"这次放过你，记得早点回来哦。"

抢球，越人，跳跃，投篮，苏星一气呵成一记漂亮的三分球，只觉得他身上的血液都燃烧起来了。

这才是年轻的感觉嘛。

什么也不要想，就是向前进。这才是年轻人的活法！

什么课本，什么习题，都统统地滚到一边去，苏星此时已经深深地陶醉其中了，他的眼睛里只剩下了篮球筐，仿佛那小小的一尺方圆就能够容纳他的全部世界。突然，一阵急躁的铃声响彻在校园里，像是从头到脚浇了一盆凉水，打断了苏星的沉醉，那是下课的铃声。

用衬衫擦一把汗，撞拳告别队友们，苏星夹着篮球和连海急急地向回走，他们可要快点，下一节课是班主任的数学课，他们两个这副满头大汗的样子要是让班主任看到了，肯定要吃不了兜着走。

“回来了呀。”一个甜美的女声突然响在二人的耳边，二人顿时齐刷刷的一个哆嗦。

魏凉那美丽如天使却又长着恶魔翅膀的身影出现在他们身前，魏凉笑着冲连海撇撇嘴，说道：“班主任让我找他有点话说，你要不要听啊。”

连海立马毫无义气地将苏星卖了，头也不回地逃之夭夭，那速度简直能够去参加百米跑而且毫无疑问能拿前三名，当连海跑到很远的地方，才对苏星做了一个保重的动作。

“不用看了，他是不会回来了，至于吗，我有这么吓人吗？”魏凉嘟起嘴巴，似是不满地对着满脸呆滞的苏星说道：“你说，我有这么吓人吗，还能吃了他吗？”

苏星下意识地回答道："当然了，你可是白发魔女。"

魏凉立马做出很伤心的样子，晶莹的大眼睛隐约有一抹泪光闪烁："你是这么看人家的么，白发魔女，你看我像那个样子吗？"

此时正是初夏，每一缕风都透着温暖的，天气每一个瞬间都温暖满满的时候，苏星却感到，一股强大的冷空气正在他的面前闪亮登场，寒气已经直逼他的心理防线。

"没有，不是，那是班主任的外号。"敏感地察觉到危险即将来临，苏星赶忙分辩道。

"骗你的啦，看你吓的吧，告诉你个好消息，刚才我对老师说你不舒服，帮你请了病假，要不这节课你能玩那么舒服？据我的不完全统计，班主任一节课最少来看你四次。"

眼睛中的晶莹泪光一下子就消失无踪，魏凉巧笑倩兮，看的苏星眼前一亮，仿佛整个绚丽多彩的夏日瞬间失去了颜色。

"走吧，走吧，走吧，跟我去卫生室，给你开张假条，要不然，老师那里可没法交代呢。"

"别问我为什么帮你哦，实话告诉你吧，其实我只是觉得，你打篮球的时候蛮帅的嘛。而你闷在那里看书，眉头都皱起来的样子，真是太丑了。我只是为了养养眼，才帮你这么一小下的，记得欠我人情哦。"

苏星笑了起来，没有说话，只是跟着她转过身去。

两个人缓缓地向校园深处走去，身影，渐渐地交织在一起。

“你打篮球的样子，蛮帅的嘛。”

声音如铃，远远地飘来，在校园里，如同一只自由自在的百灵鸟，是整片夏天最美的风景。

年轻，正是自由的年纪，不是吗？

当时的月亮

步清欢

有人说，在水中放进一块小小的明矾，就能沉淀出所有渣滓。那么，如果在我们心中放进一首诗，是不是也可以沉淀出所有的昨日？

明月空庭，如水对华年。

她独自站在窗前，望着明亮的月亮，突然想起了这句诗，同样想起的，还有那再也回不去的青春岁月，那些记忆终将在她的脑海里长成参天大树，深深地扎进了她的心中。

她喜欢月亮，喜欢它婆娑的光和沉静的气息。每当欣赏如水般澄明而洁净的月色时，她的心都会变得格外宁静，白天发生的所有纷扰和是非在这一刻，都会消失不见。起初，她有点自闭，不太喜欢和别人接触，也不愿意多说话。有什么心事自然也不懂得分享。烦心事很多，于是她花费了很多时间和精力，终于在偌大的校园中找到了一个属于她自己的休息之地。

每天，晚自习结束后，她就会悄悄跑去那里，望着月亮絮絮叨叨十几分钟，然后在宿舍熄灯之前赶回去。她选的这个地方太过奇妙，是住宿楼和教室之间的一个废弃仓库。没有灯光，也极少有人会来这里，大部分人会绕道经过。这个时候，她就会开始和月亮聊天，单薄的身影隐没在黑暗里……

远处传来微弱的说话声。

“听说了吗？明天夜里会有狮子座流星雨哦，很大规模呢，可惜只能在被窝里看了，如果能来操场看就好了。”

“做梦吧你！宿管巫婆很厉害，当心把你炼化了！”

“唉，要是有一个英雄能够踏着七色彩云来悄悄地接我出去就好了！”

“做梦吧你，哈哈。”

“哈哈……”

嬉闹的声音渐渐远去。女孩再次抬起头，看着月亮笑了笑，在心里说：“月亮啊，流星雨有什么好看的，你才是最好看的不是吗？最起码，你能陪我哭陪我笑，就像妈妈在我身边一样。流星转瞬即逝，一点都不靠谱。”

第二晚的月亮特别圆，明亮洁净如银盘，她忍不住怀疑这样的月色怎么可能会有流星雨出现？仔细端详了一会儿月亮，她便准备离开了。谁知此时突然出现两男一女，看见她时没有惊讶更没有尖叫，三人对视了一眼，那个女孩子便走到她身边，露出很亲切的笑容说道：“你也是为了看今晚的流星雨才来这里吗？这里确实不容易被巡夜老师发现，要不我们一起躲在这里看吧？”

她惊诧地看着眼前的三人，一时失语，正准备摇头拒绝，从他们身边离开时，那个女孩突然抓住了她的手臂：“不要走嘛，我们一起看不好吗？不是我们不相信你啊，万一被老师发现你也说不清楚不是？”

她这才明白这个女孩的意思，是怕她去告密啊。她依旧摇头拒绝，而且甩开了那个女孩，两个男生也有点不知所措地与她僵持着，时间一点一点地过去，直到熄灯铃响起，她的脸上有了恼意，她和同寝室的女孩子们关系只能算是点头交，如果这次被揭发或被宿管阿姨发现，那事情就严重了，对于眼前自私的三个人她只能抱以愤怒的目光，却也无可奈何。就算是现在去报告老师，也要和老师解释为什么会出现在这里，甚至有可能老师会把她当作同党来处分。

她收回目光望着月亮在心里叹了一口气，也只能顺其自然了，回寝室也是死路一条。那个女孩脸上写满了歉意，其中一个男生说道：“对不起，我们不是有意要阻止你离开，只是刚才实在是没有想那么多，现在都这个样子了，不如一起看流星雨吧。”

接着三个人分别介绍了自己，热情得让她有些招架不住，她终于开口说了第一句话：“你们不用这样，我们现在也算是站在一条船上了，我是不会去向老师告状的。”

那个女孩很不乐意的样子：“我们现在当然不怕你，只是我们四个在这里认识一下，也没什么不好吧。你叫什么名字？不要总抬头看月亮啊，月亮有什么好看的？”

两个男生也在旁边附和，当她再次架不住他们的攻势说出自己的名字时，一个男生挠了挠头说："听着名字怎么这么熟悉呢？"

"笨啊，是年级第一名！当然熟悉了，听名字还以为是个男生，没想到和我一样是个女孩子哦，好厉害！"那个女孩主动抱着她的手臂摇来摇去，还向她探讨学习的秘诀。

她迫不得已说了有生以来最多的话，四个人你一句我一句，时间过得飞快，一直到流星雨出现，几个人才渐渐收了声，看向天上。看着旁边许愿的三个人，想到刚才值班老师经过时，他们手握手挤在一起躲到暗处，她的嘴角扬起斜斜的月。

"你许了什么愿？"女孩凑到她身边问她。

她故作神秘地笑了笑："不告诉你。"

几个人怀着激动的心情看完了流星雨，她和那个女生小声说着话，然后在夜风中相拥挤在暗影处睡下，两个男生给她们两个挡风站岗。

清晨，几个人也没有回宿舍，直接去上了早自习，说实话她的心里还是有点忐忑不安，不知道寝室的那些同学会不会告诉宿管阿姨，这是她第一次犯这么大的错误。刚坐到座位上，便有好几张纸条传了过来，上面全是关心的话，让她惊讶也安心了不少。后来，听说有人还悄悄地从宿舍大门翻出去到操场上去看流星雨，操场上的人越来越多，法不责众，老师们也无可奈何，最后老师和学生同时观看了那场流星雨。

不过同寝室的人倒是睡得熟而且比较安分，晚上，她主动和她们讲了她遇到的事，一屋子的人都兴奋不已，还说她不够意思，下次一定要带上她们。

自从那天过后，她依旧去那里赏月，不过是和一群人，她把自己的心情告诉她们，她们都说她好浪漫。以前总以为别人会看不起嘲笑她，结果她只是看不起自己而已。

“喂，是不是又在看月亮啊？可惜我这里现在是阴天。”一阵电话铃声打断了她的回忆，接起来耳边响起熟悉的声音，正是当时的那个用热情打动她的女孩子。

她望着窗外的明月，想起当时的月亮，十年如一日的温暖席卷了她的整个身心，她相信这种温暖一定不会随着时间消逝，月色如水，青春如酒，暖香清冽会溢满她人生中的每一个华年。

那年那时那些星

某年的夏天，据说是仙女座和猎户座交汇的时候，情人两颗炙热的心脏碰撞，带来的自然是火的燃烧。

那是个分外溽热的时节。哪怕到了晚上，空气依然黏稠得像是随时都能拧出一把水来，这个时候，最好的选择就是待在屋子里，泡在浴缸里，享受清凉的水滴抚摸过皮肤的感觉。或者是打开空调，让人造的十六摄氏度凉意轻轻地穿透心扉和骨骼肌肤，然后安然入睡，这才是完美。

不过，现在的我，只是一个学生，既然是还要受到束缚的群体，那就没有选择的自由，只能待在像是桑拿房的教室里，汗流浃背，却不能放下课本和手中的笔。

再艰苦的时刻，学生们都必须努力去适应，去学习，因为除了舒服之外，他们都有努力的理由，或是期待，或是愿望，或是证明自己。努力总会有收获。

只是，我却没有能让我努力的理由，我父母是商人，多年前因一场意外去世，保险和他们的遗产足够我平淡地过完这辈子，再说，空荡荡的家里，只有我一个人的影子，就算有满分的成绩单，又给谁看？

所以，远处的教室灯火通明，我却躺在操场的草坪上，一个人，听着鸟鸣和虫儿们格外欢快的声音，任由穿过青草之间的微风托着我的身体，静静地享受这夏日的难得的宁静。

抬头看星，是我最喜欢的消遣，它们一颗颗的，彼此用光辉映照着，永远不会寂寞，那清冷的光芒，散发着迷人的气息，望着它们，我的思绪似乎完全沉浸其中，迷失在那神秘的光辉里面。

一颗，两颗，三颗……

此时的我，像是爱丽丝那只掉进洞窟的兔子，永远也走不出迷宫来，永远都只能在那花园迷宫中徘徊。

“我应该是寂寞的吧。”我这样问自己。

突然，一个声音在我的耳边响了起来。

“嘻嘻，你这人真有趣，怎么在跟自己说话？”

我微微侧过头去，是一个女生坐在我的身边，长发随着夜风飘飘，似乎有那么一缕发丝抚摸在了我的脸颊上，软软的，柔柔的。

“无聊自己解闷罢了。”我答道。

女生侧过脑袋看了我一眼，黑夜里，她的眼睛依然闪烁着迷人的光彩：“嘻嘻，你是苏星！我认得你呢！你可是咱校大名人。”

我明白她说的“大名人”是什么道理，我在学校里不务正业已经出了名，几乎所有的老师都把我当作教材和榜样，当然，是反面的。

“躺在草坪上看星星，比在教室里啃课本有意思多了。话说你这不是也在逃课吗？”

一只纤细白皙的手伸到了我的眼前，缓缓地摇晃着，似乎是在挑衅我一样，我听着女生说道：“我可不是翘课呢，反正该学的都学完了，老师就让我出来散散心。认识一下吧，我叫慕白。”

我拉住她的手借力坐了起来，她的手很软，很凉，我却感受到了一丝隐藏在深处的热量。

慕白这个名字我知道，和我几乎是地球两极的人，年级第一，天才，校花，学校的荣耀。无数个比星辰还闪亮的赞美都在她的身上，只是据说她很低调，我从来没有见过。

“你是慕白？你也是大名人啊。”我借着月光看着她，脸上微微发烫。

她巧笑倩兮：“唔，看来名人都有共同的爱好呀，嗯，英雄果然所见略同。苏星，我也喜欢数星星呢。”

我笑道：“我数了整整一年了，从最北的猎户座到南方的天蝎座，一共数了七万九千六百四十五颗星，你呢？”

得意地看着慕白的嘴巴张成了一个O形，这是我三年来最得意的事情了。

不过慕白几乎马上就露出了一个笑容来，就算此时是黑暗的晚上，我也清楚地读懂了她笑容中的狡黠。

“你真厉害呢！不过嘛，我只数了一个晚上，就把这片星空的星星全都数出来了，一共二十三万七千五百颗。”

说着，她眨巴着眼睛，笑道：“不信你数数看啊，我从不骗人的，真的哦。”

我愣了那么一瞬间才明白过来，笑着赞美她：“你真是个聪明的女子呢。”

此时，正是学校蔷薇花开的时候，清清淡淡的香味远远地飘过来，醉人心扉。

一时沉默之后，慕白突然说道：“我们在操场走走吧，这么好的夜晚，老是待在一个地方，岂不是很浪费光阴？”

这次是我拉慕白起来，我们两个漫步在空无一人的操场上，小心地挪动着步子，踩着彼此的影子，如同呢喃般说着闲话，仿佛是走在树木的年轮上，一圈圈，无限的循环，永远不会停下来。

可是，就像坚韧的胡杨也只能挺拔三千年一样，树木的年轮总有轮回完的那一圈，叮铃叮铃清脆的下课铃声响彻整个校园，我们彼此相视一眼，知道是分别的时候了。

看着远处熙熙攘攘涌出教室的人群，慕白清丽的面孔上浮现出一丝别样的情绪，她说：“苏星，还有一年就高考了，你要考哪个大学？”

我摇头说没有想过，顺其自然吧。其实我们都知道，按照我这样闲散的样子，任何大学都不能让我踏进去的。

慕白口气淡淡，说着一个令无数学生都羡慕的事情："我已经确定保送了，明年高考完，我就会去清华大学读书。那里离这里很远，没有朋友，我觉得我会很无聊。"

她的语言像是在炫耀，只是我从她的语气中只听到了淡淡的落寞，以及那么一丝丝别的什么东西。

我笑着回答："你怎么会无聊的呢？"

慕白笑了，没有回答，冲我摆了摆手，告别离去。

我抬头看夜空，目光有些贪婪，心想，以后不能看星星了，还真是不舍得呢。

天空之上，繁星点点闪闪，似乎在告诉我，它们是永远不变的，哪怕是一年之后，我依然可以接着数。

那么，我就先去忙点别的吧，毕竟，现在的我，也有一个重要的理由来努力了。

一年之后，清华大学。

慕白正艰难地拖着行李箱在校园里走，确实，清华大学离我们家乡很远很远，她没有相熟的朋友来帮助她。

就在她努力地将行李拉上一个台阶的时候，一只手突然出现，帮助她抬了上去。

“苏星！”她的嘴再次弯成一个O。

我笑着看着慕白：“星星我数了，是五十二万一千颗呢，你说错啦，不信咱们重新数。”

“好啊。”慕白将她额前的一缕发丝扫到脑后，“说好的一起数哦，一天一颗，数到你说的为止。”

夏日被浮云悄悄遮住，远处的湖面一缕细风飘来，这个夏天，不再炎热。

因为有你。

梦想一直走

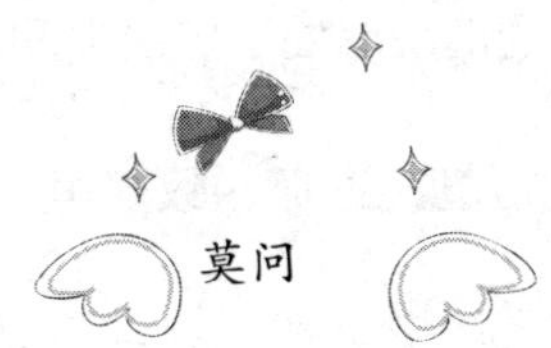

你的梦想是什么?

当那个人问我的时候，我却沉默，不知该怎么回答。

当越来越多的人问我“你的梦想是什么”的时候，我才想起，那美好的憧憬不应该再被我忽略。我开始重新回忆我曾经做过的美梦，比如去年，我希望自己毕业之后成为一名老师，可这有违父母的意愿。

他们希望我做一个护士，说：“那毕竟是铁饭碗，一月几千块也不错，能养活自己就行，我们不用你操心。”转头看到我失落的表情，妈妈又立刻转了语气，“当然，选不选还是你决定，你自己考虑吧。”

回忆从前，我也曾执着地追求过一个理想。还记得那个时候，刚兴起了网络文学，我也像大多数人一样开始敲打键盘，心脏随着一字一句而起伏，文字仿佛给予了我一种特殊的力量，它像夜空中的一轮明月，使我即刻获得心灵的慰藉；它像沙漠中的一泓泉水，使我看见生活的希望。从那以后，我爱上了文学，那时候想要成为一名作家。

于是我开始写文章，秘密接触那些文字，体会一字一句组合成的小故事带给我的喜和悲。我本身的性格算是一个开朗的悲观主义者，也是一个矛盾组合体，我的情绪总处于黑白之间，就像天涯咫尺，咫尺天涯一样。

我更愿意把自己写进那些故事里，化身为路人甲，我不想做主角，只想记录别人的故事。

只是那时的我们年纪都尚轻，我写网络小说的事不知怎么就在班里传开了。每个班里都有几个好事的人，同学们开始大肆地谈论我，讽刺我的作品，话语间满是嘲笑和鄙夷。他们从来就没看过我作品，却妄下结论说我写的水平很差，可是有人讨厌，自然也会有人会喜欢，这仅限于和我要好的一些朋友。

一个人若是我行我素惯了，自然会有人看你不顺眼。那是秋季里的一天，阳光明媚，微风习习。

“呦，夏晨还想当作家，你看看这写的都是些什么，认都认不得，这也叫小说！”刺耳的声音不止这一个。

“作家就你这样也能当？你要能当就是猪也会上树。”

我扭头不理会他们的偏激言语。窗外几片金黄的叶子在空中划着美丽的弧度轻盈地落在地上，我想连美都闪瞬即逝，而这一切都会过去。

三个月的光阴似箭而过。流言蜚语随着时间的推移渐渐淡忘出人的脑海，另有新的流言去取代。

我安然自若地编织着梦想，一有时间就写写东西，可人生不如意之事十有八九。

那天晚上，月亮的光辉被乌云遮挡。我竟然不知道学校的流言有那么大的力量，过了这么长的时间还能传到家人耳朵里。

父母与我谈话，说我这是浪费时间，不切实际的想法，希望我现实一些，不要活在虚假的东西里，它只能是爱好，永远只能是爱好。

我歇斯底里地反驳，固执地坚信自己的梦想，坚信自己的未来，坚信自己一定能到往那个被光环绕着的地方。然而，我似乎忘了，那绝美的梦想承载着多么沉重的现实。

为了梦，我差点辍学，父母为了我，整天吵架。每每他们一吵架，我的心就无比纠结，为什么我的梦想不能被理解。

有几次深夜，我看见母亲偷偷地哭泣，容颜憔悴，好多次我都狠下心不去理会，逼着自己不去想。

时间一久，我再也无法忍受这样的自己，良心的过意不去让我时刻感到愧疚。

后来我看了许多关于母爱的故事，每一篇都让我痛苦到落泪。我恍然大悟，若不是为我好，又为何为我落泪，偏偏我还不知悔悟。

我问朋友，如何让父母不再伤心？

朋友说，不要闹，不要吵，理性地理解父母，体谅他们的用心良苦，多交心，很多时候就因为不经意的小事不去化解，使得很多的孩子离家出走，使父母身心疲惫。

后来我用她说的方法去爱我的家人，交心的那一刻，我感到前所未有的轻松，如释重负。我和家人谈梦想谈人生，和他们换位思考，那天我们谈至深夜才作罢。若不是交心，我永远不会明白，我的家人有多累，我母亲心里藏着那么深的梦想和遗憾。

护士是她从小的梦想，那次考试她发挥失常，没能考上成了她心里的殇。她才会多次提及护士。其实我不想当护士，也是听朋友说当护士会见到那些血腥的场面，我最怕的便是血和蜘蛛，所以护士成了我第一个拒绝的职业。

一样的夜色，一样的人，只是心境略有不同。

现在的我会替母亲完成梦想。至于我的梦想，我想，坚持住，一直走，终有成就。

有时候人生会遇到很多无法选择的事，无论遭遇怎样的境地，我始终都相信明天会有所不同，所以我必须坚持走下去。

梦想生来就与爱情、友情、亲情纠葛到老。

若是坚信自己，请一直走下去。

我们都爱做梦

每个人，都会做梦。不论是白日梦，还是午夜梦，我们都有那么一瞬间，做过一个美梦，不愿醒来，却因为清晨的一个闹钟亦或是生理因素不得不离开这个还留有遗憾的梦境。

小的时候，我们总是憧憬长大，做过许许多多关于长大以后的梦。

一袭华衣，一曲《离殇》，技惊四座：

一袭白纱，白衣胜雪，花落满天，愿得一心人，白首不相离。

谁知梦醒，是那么遗憾和惆怅。突然有那么一天，想说一句“罢了”。做了二十多年的美梦，我开始领悟“梦里不知身是客”的那份惆怅。我开始学会善待每一个已经实现的美梦，开始学会在每一次惆怅背后，对自己轻轻说上一句“罢了，只是做梦”。

记得有一次和朋友聊天之余，和他一起憧憬未来的日子。谈笑间，大家互相应承，等我们有钱了，要吃遍这座城市每一家甜品店的甜筒。这是

一个多么美好的梦，梦里都是甜甜的味道。每次不开心，都会去买一杯甜筒，那味道滑过舌尖，心里的难受便减少了一点点。再舔一口，又开心了一些。此时，我会再次想起自己和朋友编织的美梦，还没有实现这个梦。于是，我对剩余的甜筒和自己说，好了，别再伤春悲秋，继续努力实现它吧。

可是，等到我们有能力吃遍这座城市每一家甜品店的甜筒的时候，我们已经再也体会不到为了“sweet dream”的那股热情和心情。也许，我们再也不喜欢那种味道了。那是记忆的味道，永远没办法超越。此刻，只能对自己说一句：“这个甜筒，越做越不好了。”

记得小时候，有个玩伴，算得上青梅竹马。他总喜欢问我：“以后你要做我的新娘吗？”我拉着他的小手，开心地说道：“你愿意娶我做你的新娘吗？”旁边的大人们，只觉得童言无忌，一直大笑不止。长大一些后，开始觉得这个世界好像比以前大了一点，又大了一点，我开始发现，我的世界，不单单有那个你。再长大，想起这件事的时候，自己也不住笑出声。可又希望，你不要对我提起这个约定，因为，我的世界广阔了许多，我知道，你不是我的追寻，你不是我的等待。直到你说，你拥有了那个她，我终于松了一口气。这个儿时做的梦，那么美丽和快乐，曾经希望的梦，长大了之后，却因为一句，“还好是梦”，松了一口气。

苦苦追求的梦，时过境迁，却希望只是停留在梦里面。梦里，我不需要因为失约而说对不起，我也不需要为了谁的梦而放弃自己的梦。今天的你，有梦吗？

心情欠佳的“拼图”

心情不佳的时候，你喜欢做些什么呢?

心情欠佳，是什么事情都不想做吗？可是，正在考试的你，不能够因为这样，而上交一张白卷。正在工作的你，不能够因为心情，随心所欲，不开工。可此时，心情不佳的苏羽馨却在试卷上圈圈画画。

可想而知，结果当然是老师的一顿教训，“羽馨，不好好考试，在试卷上乱涂乱画什么呢？”苏羽馨此时低着头，一副好学生的模样。她确实是个模范生，还在读高一的她，已经拿了不少奖项，乐器倒是会几样，但是不精通。学习之余，喜欢拼图。这是她唯一算得上能够坚持的爱好了，只可惜，她只喜欢在心情欠佳的时候拼图。这可以让她暂时忘记压力和烦恼。

“张老师，对不起，那天我生病了，下次不会再犯了。”她诚挚地道歉，其实只不过是个借口罢了，她那天，真的是糊涂了，为了那个人，竟然拿考试开玩笑。

“嗯，回教室上课吧。”

她离开了办公室，走在走廊上。

那是在星期六的下午。她像是往常那样，在家里拼图。每个周末的下午，在家拼图成了她的习惯。为什么每个星期六都心情欠佳？她也说不上来，也许这个日子，总是太短暂。美好的短暂，她不喜欢这样，所以才心情欠佳吧？当她拼好最后一块的时候，时间刚好是下午的三点半。“离晚饭还早，我再去买一幅回来继续拼吧。”她自语道。

“姑娘，买拼图啊？”来到离家不远的精品店，经常光顾的她，连老板都认识了。

“嗯。”

“喏，那边是这几天刚到的货，你看看有没有喜欢的，给你便宜点。”老板热情地说。

“好的，谢谢您。”她走到货架前。

有一副，上面是一个庄园。蓝色的屋顶，白色的墙，前面是葡萄架子，后院里，还爬满了蔓藤，开满了玫瑰花。这算是她的“dream house”吗？就是它了。她的手拿起这个盒子，另一只手，也刚好拿起。

“不好意思，我先看到的。”这幅拼图，她实在喜欢，怎么半路杀出个程咬金？

“哈哈，谁能证明，你先看到的？再说了，这里这么多拼图，难不成就要跟我抢吗？我也看到了。”这个人，穿着蓝色的T恤，是个阳光大男孩。可怎么就不绅士一点，让给我呢？她心里想着。

“老板，这个只有一盒吗？还有没有另外一盒？”她也不愿意再继续做无谓的争辩，让给他好了。

“姑娘，这些新的，每个图案只有一盒。”

真是可惜，她又看了他一眼，好像在他眼里看到了胜利，她松开手，“看起来，也没有那么喜欢，让给你了。”她继续寻找别的。

“那就谢谢你了。你也喜欢拼图吗？你叫什么名字？在哪里读书啊？哦，我叫许文奇。”他为此要谢谢她。

她挑了一幅之前就看中的，也没理他，走到门口，准备结账。

“喂，我跟你说话呢，怎么这样目中无人！就因为我抢了你的拼图吗？”

结好账的她，开了口，“我叫苏羽馨，不叫‘喂’。还有，既然你认为那是我的拼图，干吗要抢？”

在他没有反应过来之前，她已经离开了。“喂，苏羽馨。”他追出来，她却已经骑车走远了。

从那天以后，她像是被诅咒了，每每拼图，眼前就浮现他的脸。真是烦人，连心情不佳唯一能做的事情，都已经不能做了呢。所以，这天的考试，烦心的她在试卷上圈圈画画。

就这样过了大半个月，又是一个星期六的下午。

苏羽馨要把上次那幅拼好的图拿去装裱。

“老板，我想裱这幅图，要多久呢？”

“喔，姑娘，大概一周吧。”老板依旧热络，“你还真快，这幅一千块的图，那么快就拼好了。上次你看中的那幅图，我真是糊涂了，其实还有一盒。放在那边，你还要吗？”

“哦，是吗？在哪儿？”

“放在那边。你自己过去看看吧。”

“嗯，好的。”还没走到那个货架，她已经有了发现，“老板，这幅图……”

“哦，你说这幅啊，是上次那个小伙子送来的，差不多一个星期，他就拼好了。真是快呢。现在，喜欢拼图的人，真是越来越少了呢。”店里，放着一幅装裱好的拼图，蓝蓝的屋顶，白白的墙，不就是那幅吗？

“咦，小伙子你来了，已经弄好了，要帮你包起来吗？你上次说要送人。”

来人不就是他吗？“嗯，是啊，谢谢您了。”他没有发现她。

“嘿，许文奇。你拼得好快。”她走到他身边，上次的事情，仿佛没有发生过一样。“呵呵，是吗？你今天又来买图？”

“也不是。我拿图来裱。”

“哦哦，原来如此。”

两人一下子陷入了沉默。

“姑娘，还要买那幅图吗？”老板此时包装好许文奇的图，还不忘问她。

“暂时不需要了，谢谢您。”她突然没那么想要了，真奇怪。

“一起走吧？”他提议。

“嗯……好啊。”

他首先打破沉默。

“嗯，这个，送给你，苏羽馨。”他的第一句话就让她惊讶。他想要把这幅精美的拼图送她？当时他不是志在必得吗？

“嗯？许文奇，你这是？”她没看错吧？他脸红了。

“我知道你喜欢拼图，我就住在你家对面的单元。在一个偶然的周末，看到你在拼图。那天，就莫名地记住你了。甚至，每次你拼图的时候，我也拼图，我一直喜欢拼图，从很小的时候。后来，才知道，那是喜欢吧？”他真诚地看着她。

“在一次偶然的机会里，在这里遇见了你，才知道，你喜欢在这里买图。所以，每次都会在周末的下午，来这里逛逛。那天，我是特地，跟你抢那幅图，就是让你记得我。”

她听到这话，反而笑了，“许文奇，谢谢你的礼物。”

“羽馨？我可以这么叫你吧？”他好紧张，看到她的笑容，“我可以……和你做朋友吗？”

“你等等。”刚好到她家的门前。她进门了。

什么意思？过了一会儿，她有些急促地走出来。手里拿着东西，塞到他的手上。“喏，送你。”

他展开手，手心里俨然是一块拼图。“这是？”他疑惑。

“这是我的回礼，你送我的礼物，我很喜欢，我是不是也要送上一份东西，表达我的情意？”她现在肯定是脸红了，她继续往下说，“拼图是完整的，希望，你也能够把我填补完整。”

他听到她的话，开心地笑了，她也笑了。也许，未来拼图的日子，不再是心情欠佳了。

PART 4

深夜

夜空中最亮的星

仰望，是为了让嘴角上扬。

不忘初心

白国宏

如果让我评选最美的词语，我一定会投“不忘初心”一票。不忘初心，多美好的字眼，人世间的很多故事，用“不忘初心”诠释就一定会有一个美好的结局。

孩子的天性是亲吻自己的母亲，没有羞涩，没有思索，就那么本能地去亲近爱着他的人。这是一个生命的初始之心，可是当孩子的羽翼被母亲一点点抚育丰满，好多人淡忘了自己的初世之心，忘记了双亲的养育之恩，嫌弃了年老的他们成了累赘。每个孩子都能不忘初心，世间的父母该多么幸福啊。

牙牙学语的孩子，年轻的妈妈教会他们“善良”“分享”“关爱”“礼貌”……，稚嫩的孩子享受着人世间的一切美好，也用自己幼小的心灵演绎着真善美。好景不长，孩子们渐渐地开始接触这样的那样的小社会，也淡忘了初心的美好。如果每个人，都守着童贞“不忘初心”，我们的成人也活在童话的世界里，该多美好。

恋爱的时候，你侬我侬，情深意浓。多少小伙子的海誓山盟，或者一句简单的“我要照顾你一辈子”，就俘获了花季少女的心，如果相爱的男女能不忘初心，坚守着爱一辈子，该是人生多大的福分。可惜太多的世间男女，在日复一日的琐事中，淡忘了自己的初衷，渐行渐远中迷失了自己当初的爱，于是有了太多我们不愿意看到变质的爱情，酿成了一个一个的悲剧。

多少垂暮的老人，回想自己的一生，充满了遗憾，如果怀着自己最初的梦想走完一生，一定会有无限的精彩。刚刚参加工作的时候，激情澎湃，想着要在自己的领域有所贡献。于是对待前辈同事虚心谦恭，对待业务兢兢业业，这样的初心多美好。可惜，我们总是被这样那样的事情所牵绊，被这样那样的借口所说服，被这样那样的不公平所干扰。我们日复一日在忙碌中消失了自己的“初心”，淡忘了自己的抱负，只剩下了暮年的阵阵惋惜。

人和人之间的初见，多么美好，没有猜忌，没有怨恨，就那么彼此坦诚，珍惜着最初的美好。随着相识越来越久，了解得越多，矛盾隔阂也就越多。忘记了当初相识的那份喜悦和真诚。如果我们能在人际交往中不忘初心，守着当初的美好，怀着当初的那一份期待，人与人之间该是多么和谐啊。

近处的星光

崔修建

那时正是追星的年纪，不断涌现的各类明星，吸引了我们许多目光，占去了我们许多宝贵的时间，我们曾乐此不疲地把最热烈、最痴迷的情思，献给了那一个个耀眼的明星们。

记得有一次班会上，同学们炫耀似的，争先恐后地罗列了长长的一大串自己崇拜的明星，并把他们璀璨的名字写了满满一黑板。对此，老师微笑着未置一词，而是让我们再写出这样几个人的名字——最关心你的人，给予你教诲最多的人，对你成长影响最大的人，对你帮助最大的人。

结果，我们不约而同地写下了父母、亲人、朋友、老师的名字，几乎没有一个是明星。

“同学们，最关心你们、给予你们最多的教诲和帮助、对你们成长影响最大的，不是那些耀眼的明星，而是你们周围最熟悉、最普通的人，可你们恣意抛洒的热情，对谁过于慷慨，对谁又过于吝啬了呢？要知道，远方的星辰再灿烂，也没有近处的烛光温暖，更何况近处的也是一颗颗闪亮的星子呢……”老师一脸的严肃，让我们低头沉思。

是啊，给予我们最真切、最实在的恩泽的，正是近处的星光，最应该关注、最应该感恩的人，其实就在自己的身边。那不该忽略的，却常常被我们不经意地忽略，这是一个多么值得深思的问题啊。

岁月荏苒，许多事情已随风飘逝，唯有那节课还记忆犹新，而且越品越有味。道理其实再简单不过了——我们可以记不住星河中那些灿烂的名字，但我们不应该忘却身边那些普通的人们，是他们默默地、无微不至地关心、呵护和帮助，才让我们拥有了骄傲的今天和绚丽的明天……

当许多人还在把更多仰慕的目光投向舞台中央的明星时，我却愿意默默地把心中深深的感激，敬献给牵我之手、引领我迈向成功的周围那些最平常的人们，他们虽然不像明星那样光彩照人，但他们却有着更为恒久的魅力，他们是近处的星光，即使是淡淡的一抹，有时也会给我们一生的温暖。

一个人的远行

韩报春

每个人心中都有一个地方，不是故乡却胜似故乡。

格尔木，这座遥远而又陌生的兵城，多年来一直在我心头，魂牵梦萦，思念如潮。

夏阳酷暑，我终于背起行囊，踏上西去的列车，开始了一个人的远行……

夜色如墨，列车在广袤的原野上疾驰，一路向西。

次日上午，到达青海省会西宁。七月的高原，凉爽无比。天渐黑，我漫步西宁街头，寻得僻静处的客栈住下，心如幡飘，不得安宁。我不知八百公里外的格尔木将怎样出现在我眼前。一夜无眠。

天微明，我赶往火车站，人流拥挤，逶迤前行，检票、上车。落座四顾，车厢里氤氲着独特的气息。

列车在高原上行进，放眼窗外，一掠而过的民居全是平房，似乎十户八户就形成一个村落，被一丛丛树木掩映着。青稞正孕穗，土豆才开花，小河哗哗地流淌，水清冽得看得见河床的石头。一个藏族阿爹说：这是山上的雪水，冰手得很咧。

过湟源，经海晏，进入哈尔盖，视野中是茫茫的戈壁和黑黢黢的雄浑的山峰，偶尔有羊群在啃食沙棘，却不见牧羊人。天空碧蓝，成团的云彩，洁白如棉，低得好像举手可摘。

此时已过正午，长时间地目视窗外，我能感觉到外面依然炙热，让人产生视觉的疲劳，除了感慨疆土的辽阔，便是对此行目的地迫切的向往……

夜幕时分，格尔木到了！经过整整一天的车程，带着满怀的向往甚至一丝悲壮，格尔木，我孤身走进了你！

高原暮迟，此时，饭店生意正红火，街上多是烤肉、面片的招牌。我吃过一碗揪面片，刚入住一家招待所，便听得窗外下起了小雨。

这个干旱多风且缺雨的小城，虽正是酷暑季节，夜晚却要盖被才能入睡。屋内灯火如炽，窗外雨声淅沥，置身高原之夜，我思绪万千，这个陌生的地方，我一路风尘，追寻而来，来时是那么坚定，而今真切地走进了它，叩问缘由，却有一丝茫然，但内心分明踏实下来，仿佛放下了一个前世的包袱，了却了一笔心债。对于这座城市，我只是一个匆匆过客，而这座城市却成了我安放心灵的宿地、精神寄托的故园。

翻开随身带的一本地图册，昆仑山就横亘在格尔木的南面，我一定要走近它。

第二天上午，在街上拦下一辆出租车，我们穿过格尔木的大街，一直向南驶去。出城，先是戈壁，而后是无边的沙漠。一下车，热浪立即把我笼罩，眼前是真正的沙漠，穷荒绝漠鸟不飞，满眼不见绿色，只有起伏的沙丘在蔓延、铺展，经年累月被风吹起的沙线，好似海面漾起的道道波纹，沙海上热气蒸腾，如烟似雾。

抬头远眺，昆仑山巍峨耸立，天地苍茫中，我胸襟大开，回首来时路，不禁眼眶发热。陌生的疆土，似前世宿地，曾在心中婉转千百次。我千里迢迢，一路艰辛，只为梦回故园。“横空出世，莽昆仑，阅尽人间春色。”极目西望，那绵延两千五百公里的尽头，该是怎样一片天地……

人生天地间，我是一个永不停歇的追寻者，追寻一个个永在他乡的心灵故园。

行尽天涯路，我是一只凌空翱翔的孤雁，在现实与理想之间，终是恍然一梦瑶台客。

心若飞鸿，安能栖处便是故乡。

要回家了，我知道这一路我要走过数不清的村庄、河流、田野，回到生我养我的故土，可我知道踏上故土的那一刻，另一个远行又会在我心底启程……

每个生命
都是一种行走

雷碧玉

晚饭后，我在小区散步碰见小凯，他微笑含糊地喊了声“阿姨”，便摇晃着身子走开了。

小凯是我的邻居，是个先天性脑瘫青年。在他出生时，因为缺氧导致脑瘫，好心人曾建议他的父母放弃治疗，说即便是有好转也难以像正常人一样生活。小凯的爷爷奶奶也抹着泪，执意要他的父母放弃，再生一个健康的宝宝。望着襁褓中熟睡的小生命，想着十月怀胎的艰辛，小凯的妈妈实在不忍心：“既然生下了他，我就不能抛弃他。即便是残疾，他也是一个生命。”

从稍微懂事起，小凯就知道自己和正常人不同，无法盘腿端坐，无法正常说话，行为举止常常是别人的笑柄。每天，已辞去工作的母亲不辞辛劳地帮他按摩，翻身，教他说话。即便是不能发出一个正常音，母亲依旧笑着重复不知多少遍的词。

“小凯，是不是也想像别的小朋友一样上幼儿园？”一天外出，看着怀中的小凯紧盯着操场上玩耍的小朋友，妈妈问道。

不会说话的小凯歪着头，依在妈妈的肩上笑了。小小年纪的他并不知道这笑意背后的艰辛，只是每天哭着跟妈妈做那些在普通人看来再简单不过的动作，很疼，只为能天天看见小朋友唱歌跳舞的身影。

长大了，看着多数脑瘫病人甘于卧床，小凯苦恼郁闷，也明白了之前父母的良苦用心。他希望选择另一种生活，希望能和正常人一样行走说话。为此，他付出了常人无法想象的艰辛，终于可以像现在一样，微笑坦然地行走在街上，终于可以含含糊糊地和你打招呼说话。

所有人都被小凯感动着震撼着。我们知道，脑瘫患者能够盘腿坐稳已是奇迹，更别说走路说话了，然而小凯却用行动为我们带来了惊喜，让我们感受到一种不屈服于命运、坚强自信的乐观精神。

在逆境中表现出来的顽强最能打动人的心扉。我想，小凯能抛开世俗的眼光，傲然行走在大街上，不仅仅在锻炼他的身体，更是在锻炼他的自信，内心对生命的执着与热爱支撑着他，在人生的道路上一步步顽强地走下去。

我们知道，人一生下来，就有一条适合自己的路，关键是你该如何去寻找最适合自己的那条路。也许这条路过于平坦，也许这条路充满了荆棘与坎坷，然而奇迹和命运却可以靠自己书写，小凯正是用自己的坚强意志改写了自己的人生。

记得有句话说得好：“命运的建筑师其实就是你自己，没有人能够打倒你，真正击败你的便是你自己。”我想，小凯能够坦然行走在大街上，不仅是为了观赏世间的美景，更是为了倾听自己内心深处的声音，那震撼心房的“咚咚”声，代表着一种希望，一种生命的延续。

每个生命都是一种行走，坚持走下去，就一定有希望。

弯路也能走远

崔修建

喜欢绘画，是在读中学的时候，像他不羁的性格，从第一次拿起画笔，他的眼睛里便没有一位崇拜的老师，他对那些绘画教材上的理论和方法，从来不屑一顾，也不在意别人的评价，只管随意画下去，完全由着性子，自由得放纵。

他报考过好多所艺术院校，但他特立独行的画作，始终未能引起阅卷老师的关注。失败一个接一个，爆豆似的劈头盖脸地打在他青春飞扬的脸上。

有老师善意地劝他，不妨去参加一个辅导班，先摸一摸艺考的正路，免得走了弯路。

他自然是不肯听的，依旧按着自己的心思，画自己心目中的“杰作”，连续三年参加艺术院校的美术科考试，他都铩羽而归。一颗倔强的心，也曾被失败磨砺得在某一刻柔软过，曾呆呆地望着那些画作，怀疑自己是否真的误入了歧途。然而，他最终还是不肯低头，仍在自己认准的道路上磕磕绊绊，直到昔日的同窗大多已从艺术院校毕业，有的成了小有名气的画家，有的成立了创作室，有的做了艺术院校的老师，他的作品依然无人问津。

偶尔，他听到有人私下里嘲笑他是“给凡·高磨颜料的”，早已对考学无望的他，也只是淡淡地一笑，什么都不说。

父母对他的偏执，很是头疼，但软硬兼施的结果，是他初衷不改，只得无奈地看着他“走火入魔”，彻底放手，不再管他。

好在那位当煤矿老板的舅舅，很喜欢他，给他拿了大把的钱，任他背着画夹，天南海北地游荡。尽管他的画作，没有丝毫艺术细胞的舅舅也根本看不懂，但就是宠着他，近乎溺爱地随他在自己臆想的世界里天马行空。

那年六月，烟雨迷蒙的周庄，临河的阁楼上，饮罢一碗米酒，望一眼窗外形形色色的游客，他陡然生出作画的冲动，便拿起画笔，在餐桌上飞快地勾勒起来。

“好画！”不知何时，一位很有些仙风道骨的老者站在了他身后。

“真的？”第一次听到有人赞叹，他竟有些羞涩，尽管他骨子里一直坚信自己虽然画得不是很好，却也绝非一无是处。

“有境界，有个性，只是力度大了一些，露出了明显的生硬，许是年龄的缘故，但假以时日，自会大有改观。”老者微笑着拈须点拨道。

“多谢大师指点！”已收敛了许多傲气的他，听老者的评语还是很顺耳的。

“若想画得好，需苦心品悟。”老者扔下这句话，便翩然而去。

再漫步在周庄弯弯曲曲的河道、桥梁和小巷间，他一遍遍咀嚼着老者赠他的寥寥数语，幽闭的心扉，陡然射入了一丝光亮。

两年后的一天，他在街头作画时，被香港一位著名的书画收藏家看到。那位收藏家竟然让他开价，说要收藏他近两年创作的所有作品。

他起初以为收藏家是在开玩笑呢，便随口说了一个相当大的数字，没有想到收藏家居然一口就答应了。

他惊讶地问收藏家：“我可是一个不知名的画家啊，出这样的高价，难道您不怕投资失败？”

收藏家一脸自信道：“年轻人，我不会看走眼的，你的画作一定会让我赚钱的。”

果然，又过了十年后，他终于声名鹊起，作品畅销海内外，一幅画作动辄数百万元。而他，此时刚过不惑之年。

如今已经客居意大利的他，在一次接受罗马电视台的专访时，谈及自己的成功经验，他给出了平淡而耐人寻味的六个字——弯路也能走远。

当年那些在绘画路上顺风顺水的同窗，时至今日虽然也各有收获，但都没有他的成就显著。或许真的像那个大家耳熟能详的成语说的那样——曲径通幽，通往艺术深邃境地的道路，更喜欢弯弯曲曲，而不是笔直顺畅。

而他，也由衷地庆幸，自己没有轻易地转身，才赢得了今日的柳暗花明。

没有人注意火红花在泥土下的成长

李红都

从小，她就是一个不起眼的孩子，似乎从来没引起过别人的注意。每年过了“五一”，音乐老师就会来各班挑小主持人和舞蹈演员排练节目，为“六一”儿童节文艺会演做准备。她也和别的同学一样，把小手举得高高的，小脸兴奋得像一颗红樱桃。

但老师的目光总是如风，漫不经心地从她身上掠过，那种短暂的对视，像平静的湖面上偶尔泛起的微波，只一会儿，就找不到了踪影。

放学后，老师把挑中的同学集中起来，领到舞蹈室去排练节目，看着那一个个如花似玉的女孩子骄傲地仰着脸，她的眼泪忍不住从眼眶中滚了下来。

回到家里，她从枕头下掏出小镜子，细细地打量着镜子中的自己，宽宽的方脸，塌塌的鼻梁，黑黑的肤色，像乡下来的小妞妞。她叹了口气：难怪老师不挑她，就这么个长相，即使真能站到台上，也不过是为了映衬红花娇艳的绿叶，充当一个小小的配角。

可是，看到镜子中那双淳朴而清澈得如山泉般的丹凤眼，心底那个梦想又如风吹火焰般地燃烧起来。那个梦想，萌芽在她五岁时的一个夏日。那天，妈妈的同事来家里做客，看到她，阿姨转身对妈妈夸她："你家小姑娘眉眼挺像电影《牧马人》中的演员丛珊，好好培养……"

《牧马人》这个片子，她和妈妈都看过，丛珊阿姨那双明净的眼眸果真和她有几分相像。妈妈逗她："我们丫丫是只丑小鸭，不漂亮，不过嗓子好，口才也很棒，将来当播音员或主持人吧？"

她还是第一次听说主持人这个名词，虽然还不懂这是干啥的，国庆节，妈妈陪她看电视，指着联欢会上报幕的阿姨说："这位阿姨就是主持人……"

看着台上漂亮阿姨落落大方的形象，她的心怦然而动。她开始趁父母不在家的时候，学着电视里那位漂亮的女主持人的样子，拿起用硬纸壳卷成的话筒给自己报幕。

那个时候，她是个羞怯的女孩子，从来不敢对别人说出这个梦想，只会把它深埋在心底，一次次地期待在学校文体活动中，能有被老师挑中做节目主持人的机会，可是，学习中等又相貌平平的她，总是不被老师看好，小学一晃而过，她一次也没能站上舞台。

中学时期，她依然是班里最不起眼的那个。无论她多么努力，学习永远都是中等居下的那一类。她怀疑自己不是学习的料，但又不想放弃学业，失去考大学的机会。听说参加艺考的学生，文化课分数线会稍低些，她说服父母报名参加了一个艺考辅导班，学习播音主持专业。

高三那年年底，班主任问她能不能担任主持人，主持他们班在高中生涯的最后一次元旦晚会。她惊喜地跳了起来："当然可以！"

为了主持好那场晚会，她足足花了一周的课余时间做准备。晚会很成功，她也付出了代价，一周后的阶段测评，她有两门主课都开了红灯。

有人笑她傻："马上就高考了，别人都不想接主持节目的任务，就你缺心眼儿……"

她的笑容僵在了脸上，泪水在眼眶里打起转儿来，强忍着，才没让眼泪流出来。

她继续在课余时间坚持去上艺考辅导班，希望考上北京广播学院。可惜，时运不济，最终她高考失利。她觉得自己已经很尽力了，却如此失败，她越发相信自己不是学习的料。两个月后，她拒绝了母亲让她复读的请求，背起行囊加入了南下打工的行列。

春节回家，她给妈妈说了她的迷茫和空虚，妈妈给她讲了一个故事……那晚，伴着新年的鞭炮声，她想了很多很多。

之后的几天，她买齐了播音与主持专业的自学考试教材，决定业余时间攻下来。

六年后，已二十五岁的她终于获取自学考试播音专业的本科文凭。曾经上台主持节目的梦想，更加清晰而迫切地涌上心头。二十八岁那年，一个偶然的机会，得知家乡电视台正在公开招聘社会访谈节目主持人，她果断地辞去质检员的工作，返回小城参加应聘。

参加应聘的人很多，从年龄和相貌上来看，她显然不占优势，但是，与那些应届生相比，多年在社会中打拼的经验，让她的言谈举止更添了几分成熟而不失优雅的韵味。她个性化的主持风格，理智又不乏亲切的提问，给评委留下了很深的印象。

两天后，她接到了电视台录用的电话……那晚，她和母亲相拥在一起，喜极而泣。

一年后，已成为电视台骨干人员的她，在主持一档青年励志话题的社会节目当中，动情地向大家谈起那年春节母亲给她讲的故事：巴西有一种植物名叫“火红花”，最初的形态是卑微地长在泥土里，弱小得几乎难以被人发现。整个春天，当别的花草树木都在蓬勃生长的时候，它露在地面上的模样仍是像拇指般小而丑的苗儿。之后的八个月，它的根，能长得像大树那么粗壮。到了十月，它便会像被施了魔法似的，一天扩展好几米。短短的几天，它的枝叶便把一亩地长满，开出一大片耀眼的红花……那晚，伴着新年的鞭炮声，母亲送给她的祝福便是：做一株火红花吧，在泥土里不声不响地成长根基，当你的根基远远超过别人之时，便是要见证奇迹之时！

人人都觉得她创造了丑小鸭变成白天鹅的“神话”，但是，又有多少人注意到她在变成“白天鹅”之前那些不为众人所知的艰辛。正如火红花的成长，那些深埋在泥土中悄悄长大的根，强壮得已远远超过人们的想象，靠着这些默默积攒起的能量，火红花才得以在生命最灿烂的季节里长成花中之冠！

像自己这样生活

崔修建

他从小就非常崇拜那些成功人士，读小学时，写过一篇题为《像比尔·盖茨那样进取》的作文，老师当作范文在课堂上朗读，并赞许他志向高远。进入大学后，他更是迷恋上那些励志图书，如饥似渴地阅读了大量诸如《像伟人那样思考》《像强者那样行动》《像智者那样探索》《像明星那样经营》之类令自己热血沸腾的书籍，他敬佩一个个古今中外成功人士辉煌的人生，为他们的梦想、奋斗、激情、智慧、执着所感动，暗暗地将他们当作自己效仿的榜样。

然而，残酷的现实告诉他：尽管他十分认真地像那些成功人士那样思考、那样行动，他始终还是一个普通人，普通得一进入茫茫人海，便立刻没了踪影。

大学毕业后，他辞掉了那份不少人看好的工作，毅然地去做保险推销员。只因《世界上最伟大的推销员》那本书，点燃了他从零开始的激情，他要磨砺意志，渴望在不断地遭遇挫折后，也能够像那位杰出的推销员一样赢得堪称奇迹的成功。然而，四年艰苦的打拼过后，他并没有拥抱想象中的辉煌，依然只是一个整天为温饱忙碌奔波的小人物。

苦恼过，叹息过，焦虑过，不甘碌碌无为的他，又开始了新的奋斗，他借钱投资创业，搞软件开发，做品牌服装代理，炒基金，种植进口花卉……多方尝试，多方探索，似乎每一个成功者走过的路，对他都是很大激励。既然人家能够成功，为什么自己就不行呢？他骨子里不服输，又接连不断地在新领域闯荡。结果，十几年过去了，时赚时赔，人到中年的他，仍囊中羞涩。成功，似乎有意在疏远他，在为难他。

那年秋天，他回到那个僻远的小山村。家乡已发生了很大的变化，许多年轻人都外出打工了，许多孩子也跟着父母进城了。村子里多是一些老人、妇女，春种秋收也大多机械化了，几乎没有人再积肥营养土地了，大家更相信化肥的威力，也很少有人再挥锄“汗滴禾下土”了，因为有了便捷的除草剂，一喷洒就基本解决问题了。大家自然地都那么做，因为那样的耕作方式，省时、省力，虽说成本较高，粮食品质较低，对土地的破坏较大，但明显的高产量，却鼓动着大家毫不犹豫地如此选择。

难道在农村老家，也吃不到真正的绿色食品了？他有些悲哀地问父亲。

父亲告诉他，只有邻村那个老耿头，种地还像从前一样，养猪养牛，广积农家肥，一车车地运到地里，种地从不买化肥。他还用牛耕地、耙地，还靠人力一锄头、一锄头地除草。只是，他种的粮食产量不高。

他很惊讶老耿头的固执，问其为什么不像别人那样种地？老耿头淡淡一笑：“每一个人都有自己的一种活法，为什么要像别人那样呢？我觉得像自己这样种地最好，虽说辛苦一些，收入少一些，但保养了土地，还种出了更益于健康的粮食。”

真的这么简单？他很难想象别人都在图轻松、图多获利的时候，老耿头仍能如此淡然，不为别人的轻松成功所动。

“就这么简单，像自己这样生活，我感觉很知足，也很幸福。”老耿头朴实的话语里透着深刻的哲学意味。

“像自己这样生活”，他轻轻地重复了一句，心田里陡然洒入了一缕阳光。

哦，老耿头说得真好。只要是幸福的，就完全可以像自己这样生活，没有必要去模仿别人，去重复别人的道路。更何况，世间的许多成功是无法复制的。

后来，他听说老耿头不盲从他人的种地方式被记者报道后，受到许多人的关注，很多经销商争相上门订购他的绿色粮食，出的价格也很高，他的收入比那些高产的粮食大户还多了。有些人也想效仿他，但经过多年掠夺性的耕种，那土地已损害得难遂人愿了。再说了，大家一时也难以建立起像老耿头那样的种地信誉……

没错，每个人都可以有许多选择，每个人都有自己的道路，但是，不管怎样虚心学习别人，都千万不要迷失了自己，不要企图把自己变成别人的样子，不要简单地抄袭别人的生活。须知：像自己这样生活，才能准确定位，才能从容、淡定，才能品味到属于自己的幸福。

逆境中崛起的天才

雷碧玉

曾经，因为潦倒，他将自己的诗仅卖了十块钱，而被人嘲笑为“弱智”，而这首诗花了他整整十年的时间；曾经，“穷鬼”变成了他的代名词，生活的一连串打击一度让他走投无路，几近崩溃。

他出生在美国的波士顿，是个苦命的孩子，三岁时就失去了双亲，成了可怜的孤儿。后来，当地一位做烟草生意的商人收养了他，并送他上学读书。经商的养父始终不理解他，更不喜欢他，经常骂他是个“白痴”。长大后，他的浪漫不羁与养父的循规蹈矩形成了鲜明的反差，两人不可避免地发生激烈的冲突，最终他被赶出家门。

后来，他进了美国西点军校就读，酷爱写诗的他竟然无视校规，不参加操练，被军校开除。从此，他用写诗来打发自己的时光。

在他26岁时，他遇见了生命中最重要的女人——表妹唯琴妮亚，并不顾世俗的眼光与阻挠，两人相爱并很快结婚。这是一段令他刻骨铭心的时光，也是他一生中最难以忘怀的美好记忆。

婚后，因为贫困潦倒，他们甚至连每月三美元的房租都无法支付，经常饿着肚子。体弱的妻子不堪重负病倒了，他只能眼睁睁地看着，无能为力。很多人嘲笑他，讥讽他，说他是个十足的“穷鬼”，连自己的妻子都保护不了，而他的妻子面对人们的讥笑，始终对他不离不弃。他们用真爱诠释了世间最牢固的爱情。

在这样艰难的环境中，酷爱写诗的他始终没有放弃手中的笔，每天都在疯狂地写诗，将自己对妻子的爱深深融入文字中。他渴望有朝一日能改变现状，让妻子过上好的生活。就是这种愿望强烈地支撑着他，让他忘记痛苦，忘记了世间所有的不快，一心只想着要“成功”，要“奋斗”。

然而，尽管他从未放弃努力，深爱他的妻子还是带着眷恋与不舍离开了人世。几近崩溃的他忍着悲伤的泪水，将对妻子所有的爱恋付诸笔端，写出了闻名于世、感人肺腑的经典诗作《爱的称颂》，最终获得了巨大成功。

“每次月儿含笑，就使我重温美丽的‘安娜白拉李’的旧梦；每次星儿升空，就像是我那美丽的‘安娜白拉李’的眼睛，因此啊！整个日夜我要躺在——我爱，我爱，我生命，我新娘的身旁，凭吊那海边她的坟墓……”如此深情的文字，让人读后唏嘘动容，我想他的爱妻泉下有知，也该欣慰了。

他就是美国著名的作家和诗人爱伦坡，被称为世界文坛上最著名最浪漫的文学天才之一。

他的经历告诉我们，逆境中不要沉沦，唯有奋起，方能成就辉煌人生。

转弯的蕨菜

崔修建

大学毕业那年，他在京城的人才市场中转悠了大半年，也没有找到一份理想的工作。他学的是编辑出版专业，一心想着能够进入出版社或者报刊编辑部，他向很多自认为专业对口的单位递交了求职简历，结果却一再收获失望，只有一家文化公司的老总主动给他打了电话说："我们公司暂时不缺少编辑人员，如果你愿意，可以到我们公司做一名营销人员。或许以后可以给你提供一个满意的岗位。"他立刻就回绝了："我一个正规院校的本科毕业生，怎么会心甘情愿地像某些职业学校毕业生那样，去做一个四处奔波的、没有一定收入保障的营销员呢？"

在那个苦闷的夏日，他带着一肚子的苦恼，回到了林区的老家。母亲在听过他那颇不顺利的求职经历后，淡淡地说了一句："或许是你的眼睛，太过于关注那个明晃晃的目标了，从没有想过要走走弯路。"

"走走弯路？"他有些不解地望着母亲。

母亲没有马上给他答案，而是换了一个话题："明天我带你上山采黄花菜吧。”

“为什么要采黄花菜呢？现在村里的人们都在忙着采蕨菜，据说蕨菜的营养价值比黄花菜高多了。”他被母亲的提议搞糊涂了。

“到了山上，你就知道为什么让你采黄花菜了。”母亲给了他留了一个悬念。

在路上，他遇到很多提筐背篓的人，他们都说去采蕨菜。他便暗暗地告诉自己——进到山里，也只采蕨菜。

可是，他在山中转悠了大半天，也仅仅采到一小把的蕨菜。再看母亲的筐里已经装满了黄花菜，太阳偏西了，他的肚子饿得咕咕直响，他只得听了母亲的话，在又遇到一大片黄花菜后，一通忙碌，也采了一大筐黄花菜。

母亲说：“这些黄花菜，我们一时吃不了，明后天又多云有雨，也不好晾晒，直接拿到集市上卖掉吧。”

于是，他跟着母亲来到山下的一个集市上。很快，两大筐黄花菜便卖完了。转身要往家里走时，他猛然看到不远处两个小摊上，卖的正是新鲜的蕨菜。上前一问价格，居然不算贵，只比黄花菜贵那么几毛钱。于是，他和母亲欣然地买了几斤，又买了一块新鲜的猪肉。

回家的路上，母亲问他：“现在你知道我为什么让你去采黄花菜了吧？”

“因为采的人少，还能卖钱。”他脱口而出。

“不单单是你说的那样，还因为采黄花菜，能得到你想要的东西。你看，我们今天晚上就可以吃到蕨菜炒肉了。”

“真是的，我们不去采蕨菜，不仅吃到了蕨菜，还吃到了肉，兜里还有了可以随意支配的零钱。”他不禁佩服起母亲选择的英明。

“现在有些年轻人啊，做事情喜欢跟风，喜欢直奔目标。其实，当许多人都在争抢某一个东西时，不是每一个人都能顺利得到。这时候，不妨暂时放弃一下，不妨绕个圈子，走一点儿必要的弯路，结果，还可以得到自己想要的东西。”母亲语气平静地点拨他。

他恍然明白了自己求职的路上犯了一个怎样的错误，心中的郁闷也一扫而空。于是，他愉快地应聘一家文化公司的营销员岗位，营销过程中，他发现了书市中隐藏的商机，大胆地提出并实施了一系列图书策划方案，为公司赢得很大的市场份额，他也掘到了职场中的“第一桶金”。

如今，他已是一家国有大型出版集团编辑中心的副主任，在做着自己最喜欢的编辑出版工作。每当有人夸赞他年轻有为时，他便由衷地感激母亲，是母亲让他懂得了——当自己不能马上得到渴望的蕨菜时，不妨先转一个弯，先绕一个圈，就会收获欣喜。

有一句话说得好：不是路已走到了尽头，而是在提醒自己，该转弯了。在现实生活中，每个人都会面临很多需要转弯的选择时。有时，只需要转一个弯，就会发现新的道路，就会“柳暗花明又一村”，见到更加明媚的风景。

没错，善于转弯，就是善于变通，善于调整，就会进入到一个更开阔的天地中，会遇见更多的机会，自然也就会收获更多的惊喜。

路到尽头是一片天

石兵

我年轻时曾是个忠实的驴友，特别喜欢孤旅，几乎每个月都要外出，往往只带几本书和一些生活必需品就踏上了漫漫长路，我行走的目的性并不明确，只要有路就会走，那段时间，我的工作和感情都一塌糊涂，只有在旅行中才能忘掉心中的烦恼。

这一天，我走入了一座山里，山间有一条羊肠小路，我没有多想，立刻就踏上了这条路，小路曲折悠长，有的地方已经被荒草淹没了，我一路披荆斩棘，竟然循着小路的痕迹走到了一处山谷，那时正是阳春季节，山谷里姹紫嫣红，令人心旷神怡，但是，就在我沉醉其间的时刻，我突然发现花丛中有一个人站了起来，他也背着一个小小的旅行包，看来也是与我一般的驴友。

我走上前去和他打了招呼，发现这是一位精神奕奕的中年人，我和他一起惊叹着欣赏山谷间的美景，欣喜之余，心中也有着一丝好奇，这条小路看起来人迹罕至，而且我也看不出有人刚刚走过的痕迹，不知道他是从哪儿走到这儿来的。

我问了他这个问题，他笑了，对我说："其实，我也是从这条路上来的，至于你的问题，也很好回答，我来这儿已经一个星期了，所以路上的杂草又长了起来，我行走的痕迹自然就被掩盖起来了。"

我心中一惊，说："这一个星期，你一直住在这儿？"

他呵呵笑着说："当然不是，看来你还是有些事不知道啊，我问你，路的尽头是什么？"

我一时语塞，竟然回答不了他这个问题。

他笑着说："路的尽头，是风景，还有一片新的天空。"

说完，他带我穿过了小山谷，前面开阔的地方竟然屹立着一个小小的村落。

他解释说："你走的这条路通向山谷，对面山上则有一条路通向这个小村子，但小村子和山谷之间并没有路，村里人看不到山谷，山谷中的人看不到村落，便以为彼此相距遥远，但事实上，它们相隔很近。小伙子，当我们觉得路已经走到尽头时，就在不知不觉中成了路的奴隶，我们只是低头看路，却没有抬头望天，也就没有勇气走出属于自己的一条路了。"

他的话令我心头一震，我想起了自己因为逃避现实而选择了旅游，想起了工作与情感中遇到的挫折，它们和走一条路何其相似，而我却因囿于只会低头的狭隘目光而忘了抬头寻找路尽头的那片蔚蓝天空。

从此之后，我告别了自己的驴友生涯，做了一名生活的"驴友"，在一条艰辛的生活之路上跋涉不停，只是，每当我以为走到路尽头的时候，便会抬头望望天，然后找到一个方向坚定地走下去，因为我知道，那辽阔的天空一定会带我走出困惑，开辟出一条崭新而充满希望的道路。

生命越简单，越有效

凉月满天

腰病重了，刚起来不几天，又开始卧床休养，心里十分丧气：今年是我的灾年吗？还是命中注定我要中途折翼？生活就像爬大山，这座山刚爬到一半儿上，正是要紧的时刻，这翼是折不得的。刚买了房子，房贷是要还的；老父亲病了，病更是要治的；孩子还小，一日都离不开我的辅导，两天不管，她就像钻天猴似的；你看我，工作也撂了，家务也照管不着，每天三大碗的中药，不喝也得喝，跟灌兔子似的，也不见病好……生活真是一团糟，糟透了。

朋友看出我的苦恼，当我略好一些，他把我扶下楼，说，走，我带你看一样东西。

跟他来到一个小树丛，里面结着一张大蛛网，他说你看。他从旁边的狗尾巴草上摘一粒草籽撂到网上，立刻就有只蜘蛛跑了出来。我估计它是躲在洞里的时候，一只脚搭在丝上，起雷达的作用，好来个“守网待虫”。外面一有动静，就知道有猎物上门，它就往外冲。结果令它失望——它是食肉动物，不是吃草的山羊。它两只前爪捧起这粒草籽放嘴里咬了咬，断定不是自己想要的东西，举起来往后一扔，就扔到了网外面。我看得有趣，扑哧笑出来。朋友又捻下好几粒草籽，往网上一撒，蜘蛛一通紧忙活，一个一个地咬过去。咬一个，不是，一扔；咬一个，又不是，又一扔。一会儿的工夫就把网上的草籽择干净，然后又回到洞里，继续“守网待虫”。

朋友很坏，捋了一大把草籽，往网上“唰”一扔。蜘蛛闻风而动，一看整张网上都糊满了草籽，自己的家搞得一塌糊涂，好像有点丧气，待在那里好长时间一动不动。我以为它要转身回洞，把这张网弃之不用，没想到它的举动令人匪夷所思起来。只见它爬到网的中央，几只脚紧紧扣住网，开始一上一下地振荡，刚开始幅度很小，后来渐大，再后来一颠一簸，如同摇筛，甚或如在海上掀起的狂风巨浪。只见网上密密麻麻的草籽大部分都承受不住晃荡的力量，纷纷摇落，剩下的草籽零星粘在网上，它又开始故伎重演，抱起一个一扔，再抱起一个又一扔，一会儿工夫就把自己的家清理得干干净净。

朋友看着我，不说话。我看着蜘蛛，也不说话。惭愧，我不如一只蜘蛛。它的聪明在于不仅能够把错综交织的丝线结成一张漂亮的网，而且能够把粘在网上的杂质聪明地鉴别并且清除。而我却把自己的生活过乱了，这张网收得太紧，不再是生命展开的平台，反而成了束缚生机的绳索。父亲有病，看就是了；我有病，养就是了；房奴当上了，也可以当得很快乐；孩子一日不辅导，她也未必就不晓得上进了。就算中途折翼，也是古今常有的事，有什么看不开的？人生于世，一颗心就是一张网，丝丝

相连，线线相交，上面难免会粘上各种各样的杂质，所以要学会聪明地拣择。

1965年9月7日，世界台球冠军赛在美国纽约举行，路易斯·福克斯一路领先，稳操胜券。但当他又要去击球时，一只苍蝇似乎要与他作对，在他的球上飞来飞去，引得观众哈哈大笑。这一切使他愤怒至极。他不停地用球杆击打苍蝇，一不小心却使球杆碰球，他失去了一轮机会。更糟的是，他因此而方寸大乱，连连失利，丢掉了冠军。回头他越想越懊恼，干脆投河自杀了。

说实话，福克斯不是被苍蝇害死的，而是被他自己心头的那张网给缠死的。过于渴望成功了，就害怕外界的哪怕一点点细微的打扰，才会对这个几乎可以忽略不计的苍蝇斤斤计较；过于害怕失败，才会被失败的感觉紧紧缠绕，除了选择死亡，不知道如何解脱。

我也是的。先是把生活想得太复杂，然后又把一时的挫折想得太糟糕。蜘蛛脑子里就没有这么多的东西缠绕，它生活简单，目标明确，懂得鉴别，懂得选择，这就是它的哲学——生命越简单，就越有效。

心在哪里，路就在哪里

刘代领

一个人双目失明了，但他钟爱二胡。多少年后，历经坎坷的他成了一位杰出的民间音乐大师。有人探究他取得骄傲的成就时，发现他只不过把心沉浸在音乐中，用音乐照亮了他漆黑的夜空。

一个人失去了双手，就锻炼用脚代手敲击键盘打字。多少年后，经历不少艰辛的他成为一位深受读者喜爱的作家。有人问他取得不平凡的成就的感想时，他说，只不过把心用在了脚上，相信他的双脚一定会开辟一条生活的道路。

一个人失去了双脚，坐轮椅的他喜欢上了打篮球。多少年后，经历很多磨难的他获得了世界级残疾人篮球冠军。有人问他取得可敬的成就的感想时，他说，只不过把心用在了手上，坚信他的双手一定会打拼出一片新天地。

一个人失声了，喜欢跳舞的她就学习起了舞蹈。多少年后，经历许多艰苦的她成为一位优秀的舞蹈家。有人了解她取得可佩成就的感想时，她用手语表述，只不过把心用在了身体上，坚信她的舞蹈一定会舞出耀眼的光彩。

一个人外表不出众，热爱唱歌的她永不放弃。多少年后，经历不少风雨的她成为一位优秀的歌唱家。有人问她取得可赞的成就的感想时，她说，只不过把心用在了嗓子上，坚定地认为她的歌喉一定会唱出动人的风采。

一个人个子不高，喜欢打乒乓球的她很有劲头。多少年后，经历很多艰苦的她获得过许多次世界级冠军。有人问她取得可颂的成就的感想时，她说，只不过把心用在了打球上，深信她的双手一定会打出人生的精彩。

无须说出他们的名字，无论古今，还是中外，都有不少把不完美的身体发挥到极致，把不幸扭转为幸运的人；都有不少世界没有给太多欢乐，却用痛苦制造欢乐的人；都有不少把不完美看淡，创造出相对完美人生的人。这些人，难道不令许许多多无所事事的人感到惭愧？这些人，难道不令许许多多怨天尤人的人感到羞耻？

你的路在哪里，你的心指引着你。你的心在哪里，你的路就在哪里。不是吗？

以最轻松的姿态去成功

鲁小莫

他曾是一名普通律师。刚入行时，发誓，一定要出人头地，做这一行业的佼佼者。为此，除了刻苦钻研业务知识外，还用心学习了一系列的时间管理方法，制定各种计划，包括长期计划、中期计划和短期计划。

他严格按照计划表行事。早上，准时起床，以最快的速度完成每一件事；晚上，没有完成一天的任务决不上床睡觉。他从不轻易浪费一分钟时间。可几年下来，依然成绩平平，目标在不远处静静地看着他。

他认为这是老天对自己的考验。再计划，再努力，顽强地发挥着坚持不懈的精神。再过几年，他发现，除了收获失眠、轻度抑郁、大脑常常思维短路、严重的胃溃疡外，行业当中不断涌现的新手，还有将他淘汰出局的危险。他的那些计划，就像一堆废纸一样摆在桌子上。难道自己天生就是失败者？他烦闷到了极点。

那天，他给朋友打电话，请朋友喝酒，并将困惑在电话里说了。朋友沉吟一会儿，说，别喝酒了，今晚咱们去练跆拳道。

他觉得朋友简直在搞恶作剧。自己本来够劳累了，还要去进行那种高消耗的运动？可朋友不容分说，开车带着他，去了跆拳道馆。

那天晚上，他从最简单的动作入手，跟着朋友练了两个小时的跆拳道。两小时下来，他虽然满头大汗，可感觉头脑里的血液仿佛换新了一般，神清而气爽。他决定，以后每周抽出一点时间，来练练。

他做任何事情都一丝不苟。击沙袋时，将拳头攒得紧紧的，全身力量集中起来，对准目标，奋力打去。可眼前的沙袋纹丝不动。他不泄气，再打。沙袋还是不动。几个回合下来，他气喘吁吁，拳头也已疼得厉害。他不明白，为什么别人击得动，而他击不动，就因为他的力量不够大？

站在旁边的教练，一直不动声色地看着。此时走近，示范，指点：出拳时，胳膊以最放松的姿态甩出，接近目标，拳头再用力……

他怔住。困惑多年的问题在一瞬间释解。想起以往，他把目标随时带在身边，神经总是绷得紧紧的，哪怕在睡觉，都在为案例绞尽脑汁……先放松，再用力，而不是将力量均衡地消耗在每一过程。他有一种如获至宝的感觉。

三年过去，他真的成为行业中的佼佼者。以他名字命名的律师事务所，在整个省城赫赫有名。同时，他的跆拳道，已由白带练到黑带。他爱上了这项体育运动。就是在这项体育运动中，他懂得了：以轻松的姿态去成功。学会放松，其实是成功路上关键的一步。

离开时，请让门开着

（英）马里恩·邦德·韦斯特
庞启帆　编译

我的丈夫杰里患脑瘤离开了这个世界。我从此变得脾气暴躁，总觉得生活太不公平。在我寡居的第三个年头，我厌倦了孤独，同时，我的脸也已变得毫无表情。

一天早上，我开车经过镇上一条繁忙的马路，注意到有一位年长的木匠正在路边的一所我非常喜爱的房子周围扎篱笆。那所房子已经有超过百年的历史，有着宽大的前廊，白色的墙面已经褪色，一直静静地看着车来人往。可现在，政府加宽了马路，竖起了交通灯，小镇开始变得有点城市的模样了，那所房子却几乎被挤得没了前院。

然而泥土地面的院子总被打扫得干干净净，还有一簇簇的鲜花在争相开放。

从那时起，我才开始注意到有位系着围裙的小个子女士总是忙个不停：翻地、浇水、侍弄花草，捡拾从马路上飞进院子里的垃圾。

每次，我驾车经过那所房子，总要留心看看那迅速围拢起来的尖桩篱笆。那位年长的木匠还搭了一个高架玫瑰花棚和一个露台。他把整个篱笆漆得雪白，这样就与房子相配了。

一天，我把车子停在路旁，久久地凝视着那白色的尖桩篱笆。那位木匠干了一件多么出色的活儿！我看得眼睛有些湿润了，久久不愿离去。最后，我干脆熄了火，下车去抚摸那些还散发着新鲜油漆味的篱笆。这时，那个扎着围裙的女士从房里面走了出来。

“嗨！”我挥手向她打招呼。

“嗨，您好，女士。”她友好地回应，在围裙上擦了擦手。

“我……我来看看……您的篱笆。真是太漂亮了。”

她微笑着说：“进来吧，到前廊坐坐，我跟您聊聊这篱笆的故事。”

我踏上后面的台阶，她给我拉开了纱门。纱门“嘎吱”响了一声。这声音就像我遥远童年里开纱门的声音。厨房里摆满了晚餐后的剩菜，看得出这些全是用自家菜园里新鲜的菜做出来的。我们走过陈旧的旧地毡，迈过木地板，来到前廊。

“您坐摇椅吧。”她微笑着说。

我顿时非常高兴。因为围绕着我的就是那些漂亮的白色尖桩篱笆。然后，我饮着冰茶，听妇人讲起了尖桩篱笆的故事。

“扎这篱笆并非完全为了我自己，”妇人仍然微笑着说，“我一个人生活。但是，来来往往经过这里的人很多。我想他们看到真正美丽的东西会很开心。而事情真的是这样。人们见到了我的篱笆，冲我招手。还有些人，像您一样，甚至停下车，走进我的前廊来跟我聊一聊。”

“可您不介意道路加宽后，变化太大了吗？”

“变化是生活的一部分，同时也塑造了一个人的品质。当你不喜欢的事情发生了，你有两种选择：要么痛苦、逃避，要么达观、接受。”

当我离开的时候，她大声说：“欢迎随时再来！离开时，请让篱笆门开着，这样看起来更友好。”

我小心翼翼地让篱笆门虚掩着。驾车离开时，我的内心波涛汹涌。我不知道该如何描述这种感受，但是我听到了封闭我内心的那道坚硬的砖墙轰然坍塌的声音，取而代之的是正在拔地而起的整洁的白色小篱笆。今后无论发生什么事，我都打算让这道篱笆之门敞开着。

最可口的咖啡自己调

崔修建

女孩接连遭遇了几件不如意的事，便对父亲发牢骚，抱怨世事艰难，愤愤不平的语气里流露出对生活的深深失望。

父亲是一家著名咖啡屋的调配师，他望着女孩那因抱怨而阴郁的脸，没有说什么，而是领着她来到自己工作的咖啡屋。

父亲点了三杯名字好听、颜色漂亮的咖啡，让女儿一一品尝，请她选最合自己口味的那一杯。

第一杯特别地苦，女孩只轻轻地抿了一小口，便苦得直皱眉头；第二杯又特别地甜，甜得有些发腻，女孩也不想再喝了；第三杯则有一股奇怪的酸味儿，女孩伸伸舌头，也不想再品尝第二口了。

“都不好喝啊！”女孩咂咂嘴，冲着父亲摇头摆手。

“它们可都是这里的长盛不衰的品牌啊，有不少顾客是专门奔它们而来呢。”父亲平静地抚弄着杯子。

“奔它们而来？真的吗？可它们一点儿也不合我的口味啊。”女孩面带困惑。

“没错，它们之所以成为有名气的品牌咖啡，并非是因为它们合所有人的口味，而是因为它们合部分人的口味。”父亲依然平静道。

“这里最合我口味的咖啡是哪一种呢？”女孩有些急切地问。

“很简单，你可以调配，我先给你做个示范。”父亲拿过一个空杯子，将面前三个杯子里的咖啡按一定比例各倒了一些，轻轻搅拌了一下，便调出一杯新咖啡。

女孩尝了一口，感觉味道还不错，但还有一点儿说不出的遗憾。

“现在，你自己亲自动手，调一杯自己喜欢的咖啡吧。”父亲鼓励已有些许笑容的女孩。

女孩也学着父亲的样子，拿来一个空杯，将三种咖啡各选一些放一起，不断地用舌尖沾一点儿品尝。苦了，就再加一点儿甜的；甜了就再添一点儿苦的，中间再加一点儿酸的。这样，反反复复地尝试着寻找最佳的搭配比例。一个多小时后，女孩终于调出了一杯自己满意的咖啡。

这时，举着自己调好的那杯咖啡的父亲，意味深长地问女孩：“原来并不好喝的咖啡，你是怎么变出一杯自己最满意的咖啡呢？”

“哦，我明白了——最合自己口味的咖啡需要自己去调配，最满意的生活要靠自己去慧心地经营。”慢慢地品着咖啡的女孩茅塞顿开。

“没错，生活中的确有很多的不如意，但你不能抱怨什么，因为抱怨除了让你的心情变得更加糟糕，并不能改变事情本身，而当你懂得了怎样去应对那些不如意的事情，并尝试着用行动去改变，你就会发现很多不如意的事情，原来是可以变得很美好的。就像你不喜欢前面这三杯别人喜欢的咖啡，完全可以去调一杯自己喜欢的……”父亲语重心长地进一步启发道。

是啊，生活是一门艺术，只有懂得用心调配的人，才能获得更多的幸福。

赢在失望的拐角上

李红都

去省里开残代会，同行的代表当中有位和我一样的听障女子。当肢残人代表主动跟我们交流的时候，我的弱点便暴露了——他们语速太快，口型也不是我熟悉的那类标准普通话口型，我木讷讷地坐在那里，根本接不上话。而她，却仍应对从容，交谈显得轻松愉快。

我问她怎么能看懂那么多不同的口型，她笑着摇摇头："我不需要看口型，他们说话，我听得很清楚。"说着，她用手拨开右耳后的长发，一段黑色导线连着一块硬币大小的导体正固定在她耳廓后面。原来，她植入了电子耳蜗。

见我感兴趣，她慢慢地给我讲了她的康复故事。

她一岁多就因注射抗生素而双耳失聪，之后，她配上助听器学说话。但是随着成长，听力也开始不明原因地日渐下降，到了十二岁，佩戴最大功率的助听器，都无法提高听力，束手无策的父亲只好带她去北京寻找康复的信息。

在那家权威性的耳鼻喉科，有另几位聋儿也跟着各自的父母来此求医。大夫如实告诉了他们植入电子耳蜗的利弊：如果手术成功，患儿听力将大幅提高，接近正常。但安装电子耳蜗不仅费用昂贵，并且风险较大，万一失败，可能听力状况比手术前还糟。

没人敢保证手术是百分之百的成功，一旦手术失败，不仅给家庭带来巨大的经济压力，并且孩子原有的一点点听力也消失殆尽。很多家长考虑到孩子尚有微弱的残存听力，不敢冒那个险，犹豫再三，最终放弃了手术。唯有她的父亲顶着巨大的压力，签下了手术协议书。

手术那天，她的父亲用笔在纸上写了一段话："孩子，躺在床上，别动，大夫给你打一针，你就睡吧，睡醒了，就能听到爸爸的声音了。"

"真的吗？"她睁大了眼睛盯着父亲。看到父亲和站在一旁的大夫都肯定地冲她点点头，她高兴极了，顺从着躺了下来。

打过一针后，她很快就睡着了。醒来后，睁眼就看到爸爸红肿着眼，正焦急地看着她。见她醒了，父亲连连叫着她的小名，她惊喜地答应着——她实在太高兴了，爸爸没骗她，果真是睡了一觉后，就听到了爸爸的声音。

靠着植入耳内的电子耳蜗，她像健听人一样顺利地考上了大学，找到了一份满意的工作，甚至还考取了驾照，而当年听力比她稍好些的聋儿，因为家长担心手术失败让孩子丧失残存听力，在犹豫中，错过了做那个手术最佳的年龄段。

她说自己很幸运，当时她的听力在那些孩子当中是最差的，父亲选择给她冒险做耳蜗植入术也是万不得已的决定——再大的声音，也激不起她一点的听觉反应，反正都是最坏的状况了，还能坏到哪儿去？

她的话，令我感慨。是啊，如果她还有残存的听力，她的父亲可能就下不了那么大的决心了，她的命运，可能也像这些中、重度的听障人一样，至今挣扎在难以与人正常沟通的苦恼中。

有一位亲友，几年前在一家企业做文员。单位效益很差，但那是有编制的正式工作，并且他好不容易才从车间调进科室，工作体面而清闲。只是工资太低了，他也一度考虑过辞职，却又舍不得，怕再也找不到这么轻松体面的工作，更怕以后成了社会上的“自由人”，失去最起码的生活保障。他自嘲道，妻子一直没有正式工作，孩子还在上中学，他要是再没工作，这个家还怎么过呢？

但是，仿佛越怕什么，越易发生什么似的。单位改制，他们那个终年难以赢利、总拖公司后腿的部门被公司精减下来，拿到一笔工龄买断金后，他成了没有单位的自由人。

那一刻，他觉得天都塌了，再没有比这更糟的事了。他把自己关在屋里喝了两天闷酒后，最后决定豁出去——用那笔买断金购进了一些器材，凭着他多年前在车间做电工的经验，做起了代销五金器材和埋线、走线的生意。

没想到，不到半年，他就收回了成本，生意好的时候，一天的收入能超过他当年在单位一个月的工资。尽管他比以前忙、累多了，没了节假日、礼拜天，但物质和精神生活却比以前丰裕得多。现在，他和妻子正商量准备把房子换成大的，再贷款买一辆私家车。

闲聊时，他说：“有些成功，真不敢想象……如果没有那次减员风波，我也不敢破釜沉舟地开始创业。”我乐了：“不逼你一把，你就不会知道你原来可以这么优秀。”

人生，或许就是这么富有戏剧性。当我们陷入最糟糕的状况中时，肯定会生出伤感、烦恼、无助等灰色情绪，但是，无论如何，请振作精神，理智地接受眼前的窘迫，积极行动起来。因为，可能正是这个负极点，逼着你不得不改变思维和习惯，从一个崭新的开端出发，找到“柳暗花明又一村”的喜悦，找到另一种你之前不敢想象的成功。

黑暗中，雪越来越明亮

石兵

那是一个冬天的黄昏，天空昏黄黯淡，空气有些闷，我知道，有一场雪正在静悄悄的孕育之中，或许，就在入夜之后，雪花就会与大地不期而遇了。

那时的我刚刚参加工作，在一家私立学校当教师，每天忙得晕头转向，却还是管不住那些比我小不了多少的学生，他们是一群正处于叛逆期的孩子，家境都还不错，交了高昂的费用来到了这家私立学校，但是，我注意到，他们之中有很多人都来自于单亲家庭，因为各自的父母无暇照顾，所以才花钱把孩子送到这家寄宿学校，把孩子的教育大权全部放手给学校。

我教的这个班是初三，在教学过程中，有两个孩子给我留下了非常深刻的印象，一个是女生小雪，一个是男生云亮，这两个孩子都来自单亲家庭，却有着完全不同的个性，小雪沉默内向，云亮则叛逆乖张，但两个人都对学习毫无兴趣，而且都软硬不吃油盐不进，经常无故旷课甚至逃学，是公认的最难管的学生。

就是在这个即将落雪的黄昏，小雪和云亮失踪了。在下午最后一节课之前的课间休息时间里，这两个孩子仿佛是约定好一样同时消失了。如果是平时，我并不会焦急，但是，在刚刚得到的天气预报中，我得知晚上会有一场暴风雪降临，如果他们被困在雪中，很难想象会发生什么样的事情。

我找到校长汇报，并动员全体教师展开了寻找，把学校附近的网吧和小店都找了个遍，但是，一直到天色暗了下来，依然没有找到他们的半点踪迹。他们会去哪里呢？这时，一个学生给我说了一个事，他说，小雪的母亲就在学校附近住，但是小雪跟着父亲过，一直没跟母亲有什么往来，今天上午，小雪母亲曾经来找过她，但小雪却对她不理不睬，所以很快就走了，她临走前，留下了一张纸条，上面写着自己家的地址，说小雪有事时可以去找她，但小雪拿过纸条后看了看就扔进了废纸篓。

我眼中一亮，急忙从废纸篓中找寻起来，不一会儿，还真让我找到了一个纸条，上面写着一个地址，我立刻赶了过去。

就在我赶去的路上，纷纷扬扬的雪花终于飘了下来，等我赶到目的地时，地面已经雪白一片了。一个中年女人为我开了门，在屋里，我看到了小雪，她眼睛红肿，似乎是刚刚哭过，在听了我的来意后，中年女人有些不好意思地说："对不起老师，我还以为小雪给学校请了假呢？她也是刚刚进门不久。"

刚刚进门？我心中一惊，问她："小雪，你刚刚进门，那之前的时间你在哪儿？还有，云亮跟你在一起吗？”

听了我的话，小雪突然放声大哭起来。小雪妈急忙把她拥入怀里，一边擦眼泪一边安慰说：“小雪不怕，到底出了什么事？”

小雪哭着说：“云亮他，他被人抓走了！”

我大吃一惊，连忙问：“到底出了什么事？他被谁抓走了？”

小雪抽泣着说：“上午我妈来找我，云亮看到了，下午他就让我去见我妈，他说我妈走的时候哭了，他看着难受，又想起自己的妈妈了，下午上了一节课，他就拉着我一起来了，没想到在公交车上遇到一个小偷，云亮喊了一声，结果下车后小偷的同伙就把他抓走了，我不知道该怎么办，就到妈妈家来了，想让妈妈找警察，还没有说，老师你就来了！”

我冷静下来，问了问具体情况，然后立刻打电话报了警，然后，我叫上小雪妈和小雪，一起顺着路找了下去，我听小雪说，那几个人是在一个小胡同把云亮带走的，就顺着他们走的方向找了下去，一路上我的心怦怦乱跳，怕出了什么不好的事情。

这时候，雪越下越大了，到处都是白茫茫一片，路上的行人很稀少，我们三个人一边走一边喊着云亮的名字，不一会儿，警察也赶了过来，我们一起向前走去，走了十多分钟后，小雪突然对着一条小胡同喊了起来：“云亮！”说着，她就飞奔了过去。

我们连忙跑过去，果然，云亮趴在地上，已经被雪盖起了半个身子，他身上的衣服都扯破了，额头也破了，血都凝结成了冰。我们急忙脱下衣服，给他包在身上，警察找来警车，把他送到了医院。检查之后，医生说，幸亏送来的早，如果晚了，就算外伤不严重也得冻死。

那天晚上，自从见到了云亮，小雪就不再哭了，她跑前跑后，跟平时里的沉默不语判若两人，当医生说云亮没有大碍，只需要休息一下就行时，小雪的脸上竟然出现了灿烂的笑容。

看到小雪的笑容，我心里一暖，这些单亲家庭的孩子，因为家庭的原因造成了性格的缺失，在行为上和别的孩子不大一样，但在内心深处，他们对于美好与幸福的向往却比任何人更加迫切，而且他们还需要更大的勇气去面对比同龄人更多的压力。我想，或许我以前对他们还是太缺乏耐心了，而且心中多少还存有一定的偏念，这让我感到羞耻和脸红。

那一天，我回到学校时已经是凌晨四点了。雪已经停了，天空中，月亮在云层中不断穿行，皎洁的月光倾泻万里，映照着大地忽明忽暗，像极了那个叫云亮的男孩的坚强与执着。地面上，厚厚的积雪仿佛给大地披上了银色晚装，它们在夜色中闪烁着洁净的银光，越来越明亮，像极了那个叫小雪的女孩闪闪发亮的眼睛。

第一堂课

闫建军

她站在课堂上，眼前是一双双炯炯有神的眼睛。

她是刚刚从师范大学毕业的，这是她迈出大学校门第一次到这个灾后援建的乡镇小学当老师，也是她初为人师的第一堂课。

“上课！”她的声音有点颤。

“老师好——”学生们齐刷刷地站了起来。

“同学们好！”她扫视一下同学们，显得很激动，脸庞泛起红晕，就像刚刚盛开的牡丹花。

开学的第一节课，她做了充分的准备，她要讲一讲成长，让学生们懂得人的成长的重要性，特别在青少年时期，更要把握好成长的每一步。于是，她转过身去，奋笔在黑板上写下了“成长”两个大字，然后滔滔不绝地向学生们讲起了“成长”这个主题。她说，成长是我们每一个人都要经历的，就是我们从小在爸爸妈妈的精心呵护下、在社会这个大家庭中和国家的无微不至地关怀下茁壮成长的过程……她讲得绘声绘色，很动情，讲得自己都热泪盈眶。

突然，坐在中排的一位小女生举起了手。

“你有问题吗？”她走下讲台，来到小女生身边。

“老师说错了！”小女生站了起来，一下提高了嗓音，“没有父母，一样能茁壮成长。”

她没有想到，第一节课就会有人反对她，她欲出嘴边的话戛然而止。难道自己讲错了吗？她站在了那里，把自己刚才说过的话快速的从脑子里过了一遍，觉得没有什么不对的地方，就深深喘出一口气，然后注视着小女生。

“好，小同学，你请坐下吧。”

小女生坐下了，两只水汪汪的大眼睛盯着桌上的课本一动不动。

她站在那里也是一动没动，环视了一下全班的同学，然后轻轻俯下身来，问小女生，“你的爸爸妈妈……”

“没有！我什么都没有了！”小女生瞪着亮晶晶的大眼睛，豆大的泪珠就不住的滚下来了。

她吓了一跳，许久没有说话，就一直注视着小女生。她的父母也在这次灾难中离去了？

她两眼马上就浸满了泪水，但在孩子面前她不能掉泪。刚毕业时导师就告诫说，初为人师的第一堂课是给自己上的，特别在困难面前，一定给学生一个坚强的印象。

“你叫什么名字？”她再次俯下身来关切地问。

“囡囡！”小女生很爽快地回答。

她头脑闪过了几个画面，这些画面是她刻骨铭心的，但又在瞬间很快地消失了。她不愿回想那些画面，她也没有再去问小女生什么，她更不能再触及小女生的伤痛了。

终于，放学铃响了。

她边收拾教材，边不时地盯着小女生。小女生麻利地收起书包，便飞快地跑了出去。她赶紧收拾好教材，紧跟着小女生追出了教室。

小女生在前面跑得很快，她刚要喊住小女生，就见小女生扑向大门旁一位脏兮兮、蓬头垢面、邋遢褴褛的老妪怀里。她震惊了，这个老人咋这么面熟，可一时又想不起来在哪里见过了。

小女生仰起头向老人说着什么，老人就从怀里慢腾腾地掏出一包东西，然后小心翼翼地打开一层层黄色的包装纸，用黑魆魆的手夹起几块东西，送到小女生的嘴里，然后就笑吟吟地注视着小女生。小女生快速地咀嚼着，又仰起头，冲老人笑，脸上绽开了一朵向日葵。

她蓦然想起来了，初到这个小镇的那天，在车站候车室里举着脏兮兮的缸子乞讨的老太太……怎么会是她？这老乞丐和小女生是什么关系？

这时，只见老乞丐接过小女生沉重的书包，慢慢挎在自己的右肩上，左臂搂住小女生，步履蹒跚地远去了。斜斜的影子，被西沉的阳光拉得很长很长。

就在这一刹那，她忽然想到了一句极其重要的话，她后悔刚才没有在第一堂课上讲。她想追上去把这句极其重要的话告诉小女生，可她再也迈不动步了，她就久久地注视着老乞丐携着小女生渐行渐远的身影，眼前便成了一幅婆娑的水墨画……

谁在过去等着你

石兵

少年时，家里的钥匙一直被奶奶系在我的胸前，上学放学，要经过一段长长的山路，与我结伴而行的是一个叫菊的小女孩。菊身形瘦小，喜欢穿一身淡黄色的衣服，她跟生人一说话就会脸红，只有跟我在一起才会恢复一些孩子的活泼。

一切都源于那把钥匙。有一天黄昏，我和菊放学回家，一路蹦蹦跳跳打打闹闹，回到村子里，我突然发现脖子上系的钥匙不知何时已经不翼而飞了，父母去了遥远的城市打工，奶奶此时还在十里外的田地中劳作，进不了家门的我顿时急得满头大汗。

菊突然小声对我说："要不，先去我家吧。"

听了菊的话，我心中一愣，心头突然升起了一片疑云。

村子里的人都说，菊的娘是个不祥的人，自从嫁进村里，先克死了第一个孩子，又克死了公公婆婆，最后更是干脆克死了自己的男人，只有菊八字硬，跟着娘活了下来，但也是面黄肌瘦，吃了上顿没下顿。我还听说，菊娘经常请人来家中做客，每次有人去了她家后，客人就会生一场大病，然后菊家里的日子就会好过一点，据说，这是菊娘引了别人的气运，壮了自己的气运。

菊请我去她家，不会是怀了别的心思吧。我突然想起，在路上，和菊追逐打闹时，她总是不经意地把手伸到我的脖颈处，似乎是想拉扯我挂在胸前的钥匙。

少年心性不懂遮掩，我越想越怀疑，忍不住大声叫了起来："菊，你说，是不是你把我的钥匙扯下去了，让我去你家，让你娘引气运，想得美，没门！"

听了我的话，菊的脸刹那间变得惨白，这还是我第一次看到这个爱脸红的小女孩脸色变得这么白，那种惨白顿时吓了我一跳，潜意识里，我觉得自己似乎是做错了，但却又不知道该做些什么。这时候，大滴的眼泪从菊的双眼中滚落下来，但她却没有发出半点声音，我们两个就这样呆立在了村口。

不知道过了多久，菊突然转身向上学的路跑了过去，这时，天色已经暗了下来，我犹豫着该不该跟她一块去，我知道，她一定是去找我丢失的钥匙了，但看看逐渐阴暗的天空，我还是打了退堂鼓。

一直到天色全黑了下来，菊还是没有回来，倒是奶奶和菊娘出现在了村口。看到呆立村口的我，奶奶连忙把我拥入怀中，菊娘问我："石伢子，菊呢？"

我指着前方无边的黑暗，说："她回学校了。"

菊娘一句话也没说，就向前方的黑暗跑了过去。

奶奶看看消失在黑暗中的菊娘，又看着我，叹了口气，对我说：“伢子，这娘儿俩过得苦啊，吃不饱肚子，还得让人说三道四。”

听了奶奶的话，不知为什么，我的眼泪突然就流了下来，我拒绝了奶奶带我回家，我就站在村口等着。

又不知过了多久，菊娘才背着菊走回了村子，菊的裤腿破了，有丝丝的血迹渗出来，似乎是摔了跤，她看到我，什么话也没有说，菊娘冲我勉强笑了一下，便匆匆回家了。

钥匙最终还是没有找到，菊却不再与我结伴同行了，我很快找到了新的伙伴，她却从此变得孤独一人，很快，菊就辍了学，跟着菊娘在家种地。

多年后，我考上大学把家安在了城市里，菊则嫁给了邻村的一个庄稼汉。回村时，我偶尔会见到她，却早已形如陌路，如果没人提醒，我根本不会知道，那个荷着锄头的农妇就是当年素淡害羞的菊。

关于那把钥匙的去向，没有人比我更清楚，因为第二天，我就在学校的课桌里找到了它，但是，我却再也没有勇气拿它出来打开家门了。

时至今日，我脑海中还常常会有一个身穿淡黄衣服的小小身影跳来跳去，像一朵风中飘摇的小小火焰，扯得我的胸口一阵阵疼痛。我知道，那枚钥匙实际上已经丢失了，因为，有一扇门已经永远地对我关闭了，那就是一个七岁小女孩的心门，我不知道，菊后来的命运是否与这枚钥匙的丢失有关，但我明白，一种源自时光深处的伤痕已经深深烙刻在了我的心里，每当忆起，它都会狠狠拷问我的良知。

生活就是这样，它会同我们开一些意味难明的玩笑，将一些珍贵的事物放在沿途的风景中，让我们擦肩而过，在错过之后，却又让我们发现它存在过的蛛丝马迹，循着这些痕迹追寻，我们就会发现，它一直在过去等着我们，它已凝结成了内心深处的伤，而时日愈久，它所带来的伤痛就会更加深切。

以特别的方式得到一条小狗

（美）纳维尔
庞启帆　编译

一天下午，纽约市的一位女商人索菲亚来向我进行法律咨询。从宾夕法尼亚州来看望她的孙子跟随她一起来到了我的办公室。在回答索菲亚的问题时，我向她详细解释了她在向自己的目标进取中所应遵循的法律，以及怎样利用法律来保护自己正当的利益。男孩静静地坐着，当我向她的祖母解释怎样利用正当的法律手段来争取自己的利益时，他似乎专注于一辆玩具卡车。

当男孩和他的祖母准备离开时，他兴奋地看着我，说："我知道我想要什么，并且，现在我已经知道怎样去得到它。"我很惊讶，问他想要什么。他告诉我他想要一条小狗。听到男孩这么说，索菲亚有些生气，告诉男孩她已很明确地再三说过，他不可能拥有一条小狗。因为他的父母不允许，男孩自己也还太小，完全不懂照顾小狗，并且，他的父亲非常憎恶小狗，他甚至讨厌周围的邻居养狗。

但所有的这些并不影响男孩拥有一条小狗的热切愿望，他拒绝理解他的父亲为什么那么讨厌小狗。“现在我知道怎么做了。”他说。“你想怎么做？”索菲亚问。男孩笑而不答。索菲亚无奈地朝我耸了耸肩。

大约六个星期后，我再次见到了索菲亚，她告诉我，她的孙子渴望拥有一条小狗的愿望仍然非常强烈。他甚至已经开始练习怎样与小狗相处的方法。许多个晚上，男孩想象一条小狗就躺在他的身边。在想象里，他轻轻地抚摸小狗的皮毛、和小狗一起玩耍、带小狗出去散步，这些事情已经占据了他的整个思想。

又过了大约两个星期，男孩所在的城市的一家报纸在爱护动物周期间举行了一个“我为什么渴望拥有一条小狗”的征文比赛。在对所有参赛文章进行评判之后，大赛的结果揭晓了。几周前出现在我的办公室的那个男孩打电话告诉我：“我现在是那个知道如何得到一条小狗的赢家。”男孩获得了此次征文比赛的一等奖。在颁奖仪式上，报社展示了已在报纸上发表的故事和图片，男孩获得了一条漂亮的牧羊犬。

在小男孩获奖一个星期后，索菲亚再次来到了我的办公室。在讲述这件事时，索菲亚告诉我，如果男孩用给他的钱去买一条狗，他的父母肯定不允许，并且会用这些钱为男孩买债券；如果有人送一条小狗给男孩，他们会拒绝或者把它处理掉。但这个男孩得到一条小狗是一个戏剧性的方式：赢得全城作文大赛的一等奖，故事和图片刊登在报纸上，给父母带来了骄傲和愉悦，所有的这一切结合起来改变了他的父母的思想，他们做了他们曾认为永远不可能的事——他们允许他留下那条小狗。

“纳维尔先生，他从你那里得到了启示，他以一种合乎法律一样的方式得到了他想要的小狗。当然，这种方式很特别。”说完，这位祖母骄傲地笑了。

怀念一场雪

石兵

人到中年，值得记忆的事情已经越来越少了，但有一件事，历经岁月却依然清晰如昨，每次回忆，都如饮下一杯醇酒，一股甘甜直沁心脾，心头堆满了厚厚的感动。

时光溯回20世纪80年代初，我还是一个懵懂无知的孩子，父亲在离家四十里的油田工作，一个月回不了一趟家，没有工作的母亲与我一起生活。那是一个大雪之夜，我和母亲围着一个小小的炭盆取暖，家里没有电视机，仅有的一个半导体收音机便成了我所有快乐的源泉，正当我听得入神的时候，院子外的大门突然传来一阵嘭嘭的敲门声。

母亲快步走了出去，门刚一打开，北风便夹着雪花狂飙着冲了进来，炭盆中不多的几块炭在昏暗的灯光下闪亮起来。不一会儿，我听到了母亲打开院门的声音，然后就传来了说话声，我还以为邻居来借东西也没有在意，可出乎意料的是，不一会儿，母亲竟然带着一个人走进了屋里。

这是个什么样的人呢？蓬头垢面，衣衫褴褛，背着一个破了几个窟窿的脏麻袋，一看就是个要饭的，这人刚进来，一股混杂了垃圾、泥土的臭气便跟了进来，我禁不住皱起了眉头，下意识抱紧了收音机，那人抖落头上残存的雪花，我发现这是一个和母亲差不多年纪的中年妇女，还没等我反应过来，这个女人身后又转出一个小小的身影，我惊奇地发现，这竟然是一个和我年纪差不多的小女孩，小女孩脸冻得红扑扑的，一双大眼睛似乎在躲闪着什么。

母亲拿来家里唯一的暖水瓶，先倒了两杯水，又倒了半脸盆水，然后对女人说："先洗洗手吧，喝点水，俺去给你们做点饭。"说完母亲把一块毛巾放在桌子上就去外屋做饭了。

看着忙碌的母亲，女人讪讪站着不知该做些什么，过了好一会儿，她才回过神来，先给小女孩洗了洗脸和手，又给自己洗了洗，女人正想端起杯子喝点水，突然，她看到了正在听收音机的我，女人眼中一亮，从怀里掏出一块硬邦邦的玉米饼子，她把玉米饼子递了过来，满是皱纹的脸上挤出了一丝笑容，说："吃，吃块饼子吧。"

本来见到家里来了要饭的我心里就不大愿意，她们身上散发的那种味道让我很不舒服，现在我正听着收音机上瘾，这女人又来打扰我，我突然有些恼火，大吼了一声："谁吃你要的这破饼子！"说完一伸手就把玉米饼子打落在了地上。

女人被我吓了一跳，她呆呆站在原地，还保持着那个给我递饼子的姿势，闻声而来的母亲见状勃然大怒，上来就给了我一巴掌，从小到大没有挨过打的我顿时蒙了，委屈、不解让我的眼圈一下子红了，正想放声大哭，突然，我看到那个小女孩竟然不知什么时候悄悄捡起了那块玉米饼子，她不顾玉米饼子上的泥土与脏物，正把它往嘴里塞着。

母亲打了我一巴掌就不再理我，她一转头看到了吃玉米饼子的小女孩，母亲似乎呆了一下，然后慢慢走了过去，蹲在女孩面前，对她说：“咱们不吃这个，这个脏，大姨这里有干净的，把这个给大姨吧。”说完，母亲轻轻拿过女孩手里的玉米饼子，快步向外屋走去，快出门的时候，母亲回头看了我一眼，我看到，母亲哭了。

那一瞬间，我突然觉得自己好像懂得了一些什么，那一夜，我再也没有乱发脾气，甚至连话都说得很少。

这对要饭的母女在我家住了一夜，第二天一早就不顾漫天大雪坚持离开了，那个女人临走时执意把要饭得来的两个玉米饼子留了下来。

后来，母亲告诉我，这对母女是从河南逃荒过来的，本意是来投靠一个亲戚，可那个亲戚早已不在原来的单位了，在那个年代找一个人异常困难，母女二人无奈，只得一路乞讨。

母亲对我说，能帮别人就帮帮吧，人活着要对得起自己的良心，那个小女孩多可怜啊，那么脏那么硬的玉米饼子狠了劲地咬，你看到那个饼上的牙印了吧，那天，孩子的牙都崩掉了，我看着都哭了。

母亲的话让我羞愧得无地自容，时至今日，我还是会时常想起那个大雪的夜晚和那对可怜的母女，她们的形象早已模糊不清，但一种深刻的疼痛却总会击打在我内心最柔软的地方，提醒我应当如何去面对起起伏伏的人生和形形色色的人。